山으로 가는 길

박내 이동훈

도서출판 곰단지

삶은 꽃필 수 있을까
지난 그리움을,
지난 傷痕을 딛고
꽃으로 피어날 수 있을까

 나는 겨울빛을 다 벗지 못한 산속에 남아 햇살의 잔상을 그리고 있다. 지나온 세월을 겨울 산빛에 취해 살았다. 그 짙은, 생명의 기미는 아무 것도 보이지 않는 어둠에 젖어 살았다. 나는 겨울 빛을 다 벗지 못한 봄 산에 남아 햇살 속의 꽃을 그리워했다.

 나는 잠들지 못했다. 머릿속으로 파고드는 시계 초침 소리에 깨어 잠들지 못하고 어둠 속의 작은 소리를 들었다.
 가지를 스치는 바람소리
 자욱이 스미는 빗소리
 때로는 적멸의 소리

 나는 잠들고 싶었다.
 분홍노루귀의 꽃잠 같은 예쁜 잠을

 삶은 봄을 기다리는 꽃처럼 눈물겹고
 겨울을 견디어 낸 봄꽃처럼 애틋하다

지리산자락 아래
젖은햇살 깃든 오후 이동훈

4

일출이 돌아오는 겨울이면
바닷가로 퇴근하여
바닷가에서 출근하는 사람

그가 사진을 배우기 위해 처음 내게 왔을 때 하루에 담배를 세 갑쯤 피우는 지독한 흡연가였다. 그런 까닭에 함께 차를 타면 담배 냄새가 심하게 났다.
"이선생, 나는 담배 냄새 때문에 같이 못 다니겠다."
그가 말했다.
"다음에 올 때는 담배를 끊고 오겠습니다."
이틀이 지나 다시 만났을 때 그는 거짓말처럼 담배를 피우지 않고 있었다.

나는 때로 그의 사진과 정신을 생각한다.
십여 년 동안 일출이 돌아오는 겨울 맑은 날이면 바닷가로 퇴근하여 밤을 지새워 사진을 찍다 바닷가에서 그대로 출근을 하던 그 무서운 정신.

그가 이번에 그동안 찍어온 사진과 글을 한데 모아 '산으로 가는 길' 이란 포토에세이집을 낸다.

그의 삶처럼 분명 깊을 것이다.

한국 풍경사진가 **공점 옥맹선**

차례

작가의 말 · · · · · · · · 4

격려사 · · · · · · · · 5

제1장 남덕유를 오르며

솔섬의 밤 · · · · · · · · 10

지리산 통신골에서 · · · · · 16

달궁계곡 · · · · · · · · 22

강양항 · · · · · · · · 26

지안재의 밤 · · · · · · 30

감은사지 · · · · · · · · 34

황매산의 가을 · · · · · · 40

만복대 · · · · · · · · 44

남덕유를 오르며 · · · · · 50

한라산으로 가는 길 · · · · 54

제2장 산, 외로운 꿈

겨울 노고단 · · · · · · · 64

여자만 고룡나무 · · · · · 70

물건리 일출 · · · · · · · 74

영주무섬마을 · · · · · · 79

새우난 · · · · · · · · 82

박제가 되어버린 천재 · · · 86

정지용 생가 · · · · · · 90

불일 폭포 · · · · · · · 94

노고단 야생화 · · · · · · 98

산 외로움 꿈, 노고단 · · · · 102

제3장 매화의 날들

화엄사홍매화 · · · · · · · 108
평사리 사계 · · · · · · · 112
황매산 · · · · · · · · 118
황매산 철쭉 · · · · · · · 122
불갑사꽃무릇 · · · · · · 127
봄을 기다리는 꽃 · · · · · 130
화개동천 벚꽃길 · · · · · · 134
설중복수초 · · · · · · · 140
천마산 · · · · · · · · 144
매화의 날들 · · · · · · · 148

제4장 비오는 날

북천 코스모스 들녘 · · · · · 157
꿩의 눈물 · · · · · · · · · 162
아기염소의 죽음 · · · · · · 166
순천만 소영위제 · · · · · · 168
산굼부리 · · · · · · · · 174
밥 · · · · · · · · · · 177
내 어린 시절 · · · · · · · 178
달아의 언덕 · · · · · · · 182
덕유산 · · · · · · · · · 186
비오는 날 산을 생각한다 · · · · 192

제 1 장
남 덕 유 를　오 르 며

솔섬의 밤

꿈꾸는 나비는 소멸을 준비한다
욕망을 위해 불 속으로 날아들어 영원으로 비상하기 때문이다

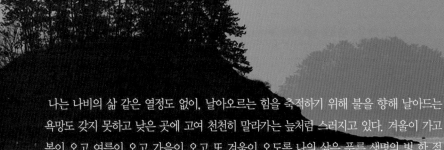

나는 나비의 삶 같은 열정도 없이, 날아오르는 힘을 축적하기 위해 불을 향해 날아드는 욕망도 갖지 못하고 낮은 곳에 고여 천천히 말라가는 늪처럼 스러지고 있다. 겨울이 가고 봄이 오고 여름이 오고 가을이 오고 또 겨울이 오도록 나의 삶은 푸른 생명의 빛 한 점 보이지 않고 푸석푸석 먼지가 일었다.

솔섬에 다시 서도록 일 년이 걸렸다. 부서지다가 부서지다가 마지막 한 점 먼지처럼 솔섬에 섰다. 나는 아무것도 아니다. 사진에 대한 감각도, 바다에 대한 감각도 잃고 이제 비틀거리며 일어서고자 하는 작은 아이일 뿐이다.

겨울 찬바람은 도로 한쪽으로 몰려가 자욱이 먼지를 일으켰다. 바다와 바다 사이, 어촌의 마을과 마을 사이에서 찬바람이 자욱이 불었고, 바람은 도로 한쪽으로 몰려가 작은 티끌과 먼지를 하늘 높이 밀어 올리곤 했다. 밤바다에서 저 바람을 만난다면 나는 살아낼 수 있을까… 자신하지 못했다.

바닷가의 어둠은 크고 깊어 나는 벗어나지 못했다. 낮게 웅크린 나를 향해 겨울바람은 잘 훈련된 자객처럼 칼을 휘둘렀다. 나는 피 흘렸다. 어둠 속에서 바람의 칼날을 피하지 못하고 뚝 뚝 피 흘렸다. 바다는 촘촘한 칼바람의 그물을 가득히 쳐두고 있어 나는 속절없이 걸려들어 벗어나지 못하고 버둥거렸다.

미련

 내가 살아내지 못한다면 무슨 미련이 남을까. 미련이 있을까… 내게 미련이 남아 있을
까…. 내 삶의 마지막 날은 이렇게 바람이 불어도 괜찮을 것이다. 바다는 호수처럼 고요
하여 몽롱했다. 나비는 맑은 날에만 날고, 흐린 날이나 비 오는 날엔 날지 않는다. 나비가
날기 위해서는 삼십 도 이상의 체온을 유지할 수 있도록 몸이 뜨거워져야 하기 때문이다.
나비가 불 속으로 날아드는 것은 체온을 유지하여 비상하기 위한 욕망 때문일지도 모른
다. 한낱 미물의 삶일지라도 그 삶은 비장하다.

축도의 바닷가

잦아드는 바람에 억새의, 아직 갈기 같은 씨앗이 여리게 흔들렸다. 익숙한 어둠 속 스쳐가는 바람과 가끔 보글거리며 솟는 작은 물방울. 바다를 바라보고 서 있으면 모든 것이 아득히 사라져버리는 듯 어둠이 몸속으로 흘러들어와 내 영혼까지 적막에 휩싸였다. 싸르락 싸르락 바다 돌을 건드리는 물결과 물결 위로 내리는 별빛. 별 빛이 내리는 호수처럼 잔잔한 바닷물 속에서 별빛을 바라보고 있을 게 한 마리의 미소조자 환히 보일 듯한 투명한 어둠. 어둠 속에 내리는 서리와 서리에 얼어붙는 마른 풀잎들의 뒤채임.

　처음 길을 가면 그 끝을 알 수 없어 더 아름답다. 처음 가는 길은 막막하나 그 막막함으로 길은 아름답다. 온 힘을 다하지 않았거나 끝까지 가보지 않았다면 돌아설 수 없는 것이 길을 가는 사람의 숙명임을 나는 믿는다.

솔섬의 밤

바람은 낮은 곳의 먼지 한 점을 내 알지 못하는 곳으로 날려 보냈다. 나는 아무런 저항도 하지 못하고 먼지를 바라보며 오늘 하루를 살아낼 수 있을까 근심했다. 잘 드는 칼로 살을 베며 지나듯 바람은 내 몸에 무수한 상처를 냈다. 낡아 빛바랜 사진의 한 장면 같은 막내의 웃음을 생각했다. 막내는 커다랗게 웃었으나 비명 같았다. 바람에 불려가는 한 점 먼지의 비명, 잊지 못할 오래된 풍경처럼.

바다는
검은 심연 같아
모든 빛을 흡수하여 소리만 남긴다.
검은 심연을 건너는 나지막한 소리 잘박잘박 바다 위를 걸어가 돌아올 수 없는 소리

시린 밤마다 나는 살아 나올 수 있을까 생각했다.

남해의 낯선 바닷가, 아무리 많은 날을 지새워도 밤은 익숙할 수 없다. 밤은 낯선 길과 같아 공포 또한 낯설다. 그러나 내 삶은 길이었다. 남해의 낯선 바닷가, 나는 가만히 바위를 안고 게딱지처럼 매달려 밤이 주는 공포를 바라보았다.

나는 온밤을 지새워 심연 위를 걸었다.
반짝이는 별을 머리에 이고 잘박잘박 바다 위를 걸어가
돌아오지 못했다.

지리산 통신골에서

불붙는 듯 새빨간 잎새의 단풍나무 한 그루
가을 바람 쓸쓸한 하얀 암벽 위로 눈부신 청홍의 대비

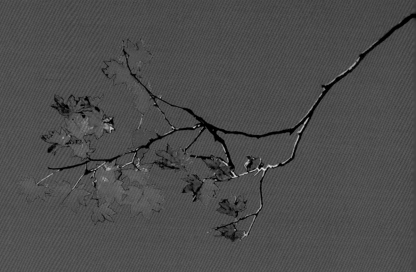

지리산 천왕봉 바로 아래, 중산리에서 장터목으로 오르는 계곡의 중간 어디로 통하는 산길이 있다. 登神등신골이라 하기도 하고, 通神통신골이라 하기도 한다.

지리산에서 항시 그랬듯이 길이 있는지를 모르고 무작정 그곳을 뚫고 내려갔고, 내려 갔으니 오를 수도 있을 것이라 생각하여 몇 년 동안 그 길을 오르내리다가 오랜 후에 그 렇게 이름이 붙었다는 걸 알았다. 길은 거칠고 적요로웠다.

어느 가을에 보았다.
하얀 암벽의 길 위로
만지면 파란 물이 주르륵 쏟아질 것 같은 하늘과
불붙는 듯 새빨간 잎새의 단풍나무 한 그루
가을바람 쓸쓸한 하얀 암벽 위로 눈부신 청홍의 대비

나는 내 살아온 모든 세월 동안 산을 가슴에 담고 살았다.
지리산을
천왕봉을
중봉을 통신골을 허무를 허허로운 바람을 다시 돌아가고픔을 이 세상에서 벗어나고픔을.

나는 열일곱 살 늦은 가을에 몇몇 친구들과 처음 지리산을 올랐다. 지리산 백무동 아래 사는 친구가 있어 늦가을 함께 오르다 중간에 내려왔으나 그때의 늦가을 산빛은 내 평생을 물들였다. 열여덟 여름에 혼자 지리산을 올라 천왕봉 상의 조그만 비석을 봤다. 비석에 새겨진 글귀를 봤다.

萬古天王峰
天鳴猶不鳴

열여덟 살에 처음 이 글귀를 보고 몇 년간 이 문장에서 벗어날 수 없도록 큰 충격을 받았다. 절대고독을 봤다. 나는 이렇게 해석했다.

'만 년의 아픈 세월이 있어 오직 하늘만 울음 운다.'

만 년의 아픈 세월 속에 사람의 한 생은 찰나와 같아 울 시간도 없이 스러진다는 것이다. 그 세월 속을 오직 천왕봉만이 지키고 있다는 것이다. 열여덟 살의 내 삶은 고독했고, 산도 고독했고, 천왕봉의 글귀는 더욱 고독했다. 나는 오래 천왕봉에서 통곡했다.

다른 해석이 있다는 걸 안다. 그리고 글만의 해석으로는 그게 맞을 수도 있다. 그러므로 위의 해석은 순전히 나 혼자만의 해석이었다.

어쩌면 나는 그 글귀에 사로잡혀 있었던 게 아니라 천왕봉 그 아픈 세월 속에 사로잡혔던 게 아니었을까. 1,915m의 절망과 허무의 세월 속에…….

1979년 가을이었는지, 1980년 가을이었는지 잘 모르겠다.

지리산 통신골을 오를 때였는지 내릴 때였는지도 잘 모르겠다. 그 가을엔 눈부시게 하늘이 푸르렀고, 단풍잎은 불꽃처럼 붉어 화인처럼 가슴에 새겨졌다.

오랜 날 그 하늘을, 그 잎새를 생각했다.

살아온 모든 세월 동안 산을 생각했다.

그러나 내가 바라던 산은 이 세상에 없다.

2006년 어느 낯선 여관방에서 시를 한 편 썼다. 산은, 시는 나를 이 세상에서 버틸 수 있게 해준 힘이었으나 그로 인하여 내 삶은 이 세상으로 영영 돌아오지 못했다. 나는 지금도 청홍의 산속을, 적멸과 허무의 산빛 속을 헤매고 있다.

가을 선홍의 잎새 아래에서

선홍의 잎새 위로 푸른 하늘이
부서져 내리던 산에서 내려온 이후
이 세상 어디에도
나는 없었다.

가을 깊어 잎새 지던 날
바람은 온밤을 울부짖는데
잃어버린 먼 기억 속에서
나는 바람처럼 울고 있다.
어느 낯선 여관방
티브이를 보며 나는 누워 있는데
푸른 하늘 속에 화인인 양 박혀버린
선홍의 잎새 아래에서
내가 두고 온 나는 어디로도
향하지 못한 채 홀로 울고 있다.

어느 싸구려 여관방
창틈으로 넘나드는 바람 속을
티브이를 보며 나는 누워있는데
통신골 숨은 산길 푸른 하늘 속을
단풍나무 한 그루,
바람에 너덜거리는 비닐 조각처럼
나는 아직 그곳에 걸려 펄럭이며 울고 있다.

달궁계곡

원래는 달의 궁전이었다는 곳
아 이곳에서 천 년을 살아 볼까
꿈을 꾸며 꿈을 꾸며 천 년을 살아 볼까

봄 하루
바다에 안개 짙어 나는
안개 속에만 존재할 안개의 나라를 찾아 헤맸다.
거제의 바닷가 여차와 홍포
안개는 때로 내 무릎을 삼켰고
갈매기를 뱉어내듯 세상 속으로 돌려보내기도 하고
결을 열어 먼 바다를 보여주기도 했다.
나는 안개에 젖어 안개 같은 눈물을 흘렸다.

이른 아침 바다로 향한 나는 온 하루를 안개에 젖어 지내다 돌아오는 저녁 배가 고팠다. 열한 시가 넘어 집에 도착하여 다시 산으로 가기 위한 짐을 꾸려 열두 시 사십 분 집을 나섰다.

나는 숨이 막힌다
살아 숨이 막힌다
어디로든 가야 하나 가지 못하는 나는

새벽 네 시 바람 차가운 지리산정에서 내려와 다섯 시 삼십 분 달궁계곡에 도착했다. 달궁은 삼한 시대 때 마한의 효왕이 진한의 공격을 피해 지리산으로 들어와 성을 쌓고, 궁을 세운 곳으로 알려져 있다. 지금은 성터만 희미하게 남아 있는 스러져 간 왕조의 흔적. 왕조의 흥망성쇠는 언제나 가슴 아프다. 이미 아득히 사라져버린 역사의 한 부분이지만, 대다수 사람은 그런 역사가 있었다는 것조차 알지 못하지만 나는 그 가슴 아픈 역사를 떨치지 못하고 가슴에 비수처럼 꽂고 다닌다.

1988년에 성삼재를 정점으로 하는 지리산 횡단도로가 개통되었다. 이전에는 지리산을 종주한다면 대부분 화엄사에서 노고단으로 오르거나 화엄사로 하산했다. 1990년도에 최화수라는 소설가가 '명산명소기행① 지리산365일' 이라는 네 권짜리 책을 발간하면서 가장 먼저 달궁계곡을 소개했다.

책 속에 이런 대목이 있다. 「부산에서 산악단체의 안내 산행을 맡고 있던 산행 대장 몇 사람이 은밀한 모임을 가져 하나의 합의안을 만들었다. 너무 깨끗하고 아름다운 이 두 계곡에 사람들을 끌어넣는 죄를 범하지 않기 위해서 지리산의 다른 길은 모든 안내하더라도 달궁~심원계곡과 선유동계곡만은 절대로 공개하지 않는다.」

사람을 데려가 흔적을 남기는 것만으로 죄짓는 심정일 정도로 아름다운 곳. 지리산의 仙境선경으로 최후까지 남겨두고 싶었던 곳. 그곳에 지금 꽃이 피고 있다. 숨겨두고 싶었던 절경처럼 아름다운 꽃. 수만의 꽃송이 송이마다 오월의 눈부심을 담고 있는 꽃.

나는 십 대 중반부터 지리산을 올랐다. 처음 십일월의 늦가을에 친구들과 함께 올랐고, 그다음 해 여름에 혼자 오른 후부터 미친 듯이 지리산을 다녔다. 그리고 십 년 후인 일천

구백팔십 년대 중반에 지리산 횡단도로가 뚫린다는 소식이 들렸다. 내 가슴이 관통당하는 듯 아프고 답답했지만 나는 아무것도 하지 못하고 도로가 뚫리는 걸 지켜봤다. 어지간한 전문가거나 각오를 다지지 않고는 갈 수 없었던 달궁계곡은 지금은 동네 개울처럼 아무나 갈 수 있는 곳이 되었으나 아름다움만은 그때나 지금이나 여전하다.

특히 오월 초에 피는 철쭉은 지리산 맑은 물빛과 어울려 무엇과도 비교할 수 없을 정도로 아름답다.

이 꽃빛 물빛은 삶의 모든 슬픔과 남루를 눈부심으로 바꾼다.

꽃이 아니었어도 내 삶은 있었을 것이고, 꽃이 아니었어도 나는 끝내 살아남았을 것이다. 그러나 지리산의 오월이 있어, 피어나는 꽃이 있어 이 세상이 내게 가시밭길만은 아니었다. 피어나는 꽃들로 하여 세상은 눈부셨고, 가슴 설레며 살아내고 싶기도 했다.

5월 지리산 달궁계곡에 꽃이 핀다.

아주 많은 날이 흐르고 우리 아이들의 아이들도 이 맑은 물빛과 꽃 빛을 볼 수 있기 바란다.

강양항

때로 삶은 깨어서 꾸는 꿈과 같다
꿈처럼 기다리다 꿈처럼 흘러가는 꿈 안타깝고 서러운 꿈

겨울 바다에서 처음 밤을 지새우던 날의 여명을 기억한다.

푸른 새벽의 푸른 눈부심을 기억한다. 푸른 기운이 내리는 바다 한가운데로 솟아오르는 붉은빛. 살면서 한 번도 보지 못했던 장면이었다. 오직 눈부심과 푸름과 붉은 노을빛. 그리고 나는 그 빛에 취해 오랜 세월 바다를 벗어나지 못했다.

해마다 강양항에서 일출을 시작했다. 새벽 기온이 낮고 한낮 기온이 높으면 십일월의 바다에는 물안개가 핀다. 물안개의 바다 위로 일출이 시작될 즈음 멸치를 가득 실은 만선의 어선 위로 갈매기가 떼 지어 날아오면 강양항의 바다는 한 폭의 그림이 된다. 그 한 폭의 그림을 찍고 싶어 오랜 날 강양항을 찾았으나 아직도 강양항의 일출을 제대로 찍지 못했다. 정확히 몇 해인지 모르겠지만 십 년 정도 강양항을 찾았다. 몇 번은 카메라를 끄집어내지 못했고, 몇 번은 물안개도, 일출의 시각에 돌아오는 어선도 없이 밋밋했다. 빈손을 예상할지라도 가야 하는 건 사진작가로서의 숙명이다. 빈손으로 돌아서는 것 또한 피하지 못할 숙명이다. 그러나 살아 있는 동안 그 한 장면을 찍기 위한 내 발걸음은 멈추지 않을 것이다. 그것이 사진작가로서의 내가 살아있다는 몸짓이므로……

내가 머무는 곳에서 강양항까지 220km의 거리로, 자동차로 세 시간가량 걸린다. 새벽 네 시까지 도착해야 하니 새벽 한 시에는 출발해야 하는데 그 시간대는 졸음을 참기 어려워 하루 전날 출발해 명선도의 바닷가에서 파도 소리를 들으며 차에서 밤을 보내다 네 시쯤에 강양항의 모래톱에 선다. 일곱 시가 지나야 일출이 시작되니 세 시간을 바닷가의 찬 바람을 맞으며 기다려야 하지만 그 시간에 바닷가를 나가는 건 다른 사진작가들보다 좋은 자리를 잡기 위해서이고, 여명의 사진을 찍기 위해서이고, 결정적으로 내 마음을 다 잡기 위해서이다. 나는 최선을 다하고 있는지, 이 사진을 찍기에 부끄럽지 않은지, 禪선을 행하듯 지극한 마음으로 바닷가에 선다.

 이 시기에 강양항의 물안개를 찍지 못하면 다음 해를 기약해야 한다. 십 년의 세월이 흘렀다. 어쩌면 다시 십 년을 더 보내야 원하는 장면을 찍을 수 있을지도 모른다. 원하는 한 장면 찍는데 이십 년이 걸린다면 내가 원하는 장면을 다 찍으려면 사진작가로서의 내 수명은 몇백 년은 되어야 할 것인데 생각하면 내 몸부림은 부질없으나 부질없다고 멈출 수 없으니 부질없다고 생각하는 건 더욱더 부질없다.

파도 소리
참을 수 없이 적막한 파도 소리
산속에서는 바람 소리가 적막하듯 바닷가에서의 파도 소리 또한 적막하다.
바닷가의 어둠 속에 가만히 서 있으면 세상 모든 것이 적막 속으로 사라진다.

때로 삶은 깨어서 꾸는 꿈과 같다.
꿈처럼 기다리다 꿈처럼 흘러가는 꿈. 안타깝고 서러운 꿈.

어둠의 바닷가에 서면 어둠과 어둠 사이엔 슬픔만 존재하는 시간이 있다. 생 이전이거나 잃어버려 기억하지 못하지만, 가슴 속에 아득히 존재하는 세상의 시간…. 어둠의 바다에 서면 그 잃어버린 세상 속에서 아련한 슬픔이 물안개처럼 피어오른다.

파도 밀려오고 밀려가는 바다
그 바닷속으로 천천히 침몰하는 슬픔의 시간…….

강양항의 멸치잡이 철이 지났다.
배는 기다려도 출항하지 않고, 여명이나 일출의 빛을 타고 귀항하지도 않는다. 그 많던 갈매기도 보이지 않고 냉혹한 새벽바람만 강양항 바다 위를 휩쓸고 다닌다.

긴 밤이 지나고 새벽이 왔다. 그러나 강양항의 멸치 배는 출항하지 않았고, 해는 구름 벽에 가려 제대로 뜨지 못했다. 금요일 하루를 이 바닷가에서 보내고 토요일 다시 일출을 찍기로 하고 천천히 바닷가를 돌았다.

밥을 먹고 싶었다. 따뜻한 국물을 마시며 몸을 데우고 싶었다. 다시 밤이 되었고, 추위는 지난 밤보다 많이 풀렸으나 여전히 혹독했고 새벽의 구름 벽 또한 어제처럼 두터웠다.

일을 도모하는 건 사람이지만 그것을 이루는 것은 하늘이라는 말이 있다. 그러나 하늘마저 넘어설 지극함이 있음을 나는 믿는다. 역사는 그러한 사람들이 이루어 나간다는 걸 나는 믿는다.

욕심내지 말자. 이제 겨울은 시작이고 남은 날은 많으니 조급하지 말자. 날이 맑다면 다음 주에 오고 올해 찍지 못하면 다음 해에 찍으면 되니 조급하지 말자고 나 자신을 달랬다.

편향증험이란 말이 있다. 道家도가의 호흡 수련법 기초 과정 중에 실제로 눈은 내리지 않지만, 몸속에 기의 통로가 열리고 기가 쌓이는 것이 눈 내리는 것처럼 보이는 현상을 말하는 것으로 초보자에게 주는 일종의 선물 같은 것이라고 보면 된다.

강양항 일출의 편향증험. 구름 벽이 두터워 상황은 좋지 않았으나 구름 벽 위로 일출이 시작될 즈음 멸치 배가 들어왔고 물안개는 자욱했다. 그 순간 편향증험을 생각했다. 선물이구나. 내 어린 날 겪었던 편향증험을 오늘 이 바닷가에서 다시 느끼는구나. 제대로 된 일출은 아니지만, 중간 과정에 닿는 조그만 선물 같은 일출이구나.

다시 200km가 훨씬 넘는 길을 가야 하고 몸은 무겁고 졸리지만 맑은 날, 나는 다시 이 바닷가에 서게 될 것이다. 그리하여 내가 꿈꾸는 아름다운 강양항 일출을 찍게 될 것이다.

지안재의 밤
아이는 저 길을 밤새워 넘어
어디에도 도달하지 못했다

지안재, 경남 함양군 함양읍과 휴천면 사이에 있는 재이다.

언제 길이 닦이고 포장되었는지 나는 모른다. 꼬불꼬불 끝없이 이어져 한 번 넘자면 몇 번을 쉬어야 하는 험난한 산길이었다. 어느 날엔가 이 길이 사진으로 올라왔다. 저 산길 꼭대기에 묻혀 있던 내 어린 날도 함께 올라왔다.

사진작가들은 야경을 찍기 위해 한 두 번은 반드시 다녀오는 곳으로 지금은 도로가 잘 포장되어 지안재와 오도재를 거쳐 지리산의 마을 마천에 다다를 수 있다. 어린 시절에 내가 살던 곳에서 지리산 가는 가장 빠른 길은 완행버스를 타고 마천 다리에서 내려 백무동으로 걸어가는 거였다.

어느 해 백무동길이 넓어지고 차가 다니면서 백무동까지 차를 타고 가기도 했다. 당시는 몇십 리 길은 예사로 걸어 다녀 산내에서 내려 백무동이나 음정이나 삼불주 쪽으로 지리 산을 오르기도 했고, 걷다가 어두워지면 텐트대신 커다란 비닐 속에 침낭을 넣어 이슬을 막고 잠을 자기도 했고 세상 밖을 나와야 하는 경우가 생기면 밤으로 칠성계곡을 오르내 리기도 했다.

그 날부터 나는 걸었다.
길을 걸었고, 길이 없는 곳을 걸었고, 세상 밖을 걸었다.

왜 그런 일이 있었는지 나는 잘 알지 못한다.
산길의 끝에 오막살이 초가집, 길은 끝이 없었다.
달려도 달려도 길은 끝이 없었다.
나는 길이 무서웠다.
길에서 길로 이어진 길이 무서웠다.

네 살 어린 날 나는 여기 있었다.
달려도 달려도 오직 산길뿐이었다.

산길을 굽이쳐 돌면
고목이 된
자두나무 한 그루
지나쳐가면
사방 막힌 산 속에
오막살이 초가집

붕괴는 시작되고 있었다.
유년의 塔

뒷산에
임자 없는 무덤이 하나

비껴선 헐벗은 산마루

붕괴는 시작되고 있었다.
천천히 그러나 어지럽게

나는 처음 길이 무서웠으나 내 한생은 길이었다. 아직도 길을 나서면 꽉 막히는 가슴. 낯선 길 위에서 부딪는 공포. 그리고 나는 언제나 길 위에 있었다. 왜 그런 일이 있었는지 난 알지 못한다. 여섯 살의 깊은 밤, 나는 탈출을 꿈꾸었다.

산길 이십 리 정도 될 것이란 말이 있었으나, 나는 길을 가기 위한 아무런 준비가 없었다. 그리고 지안재에 도착했다. 지안재에서 귀신에 홀려 죽었다는 숱한 이야기가 머릿속에서 맴돌며 아우성치고 있었다. 돌아가자 돌아가자 저곳엔 귀신이 있을 거야. 지안재 꼭대기에 귀신이 기다리고 있을 거야 돌아가자.

칠흑의 밤 도달한 지안재의 돌무덤가에 하얀 소복을 한 귀신이 있었다. 나는 돌아가지도 나아가지도 못하고 한참 동안 그 자리에서 맴돌았다. 그리고 귀신을 만나기로 했다. 돌아갈 수는 없었다. 지안재에 올라 만난 귀신은 어딘가에 걸려 펄럭이는 비닐이었다. 바람에 걸려 펄럭이며 울고 있었다. 그 밤이 무섭다고 울고 있었다.

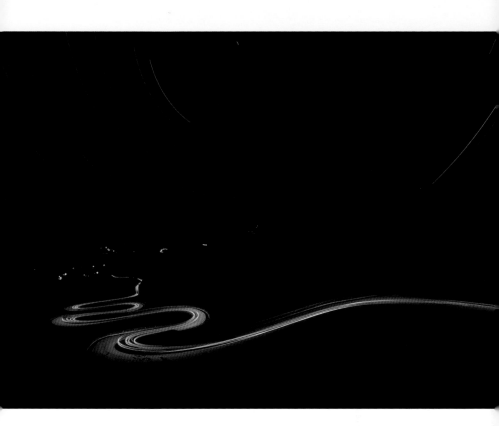

 지금은 포장된 도로인 지안재
 사진작가들은 저 길을 찍기 위해 밤마다 모인다. 이제 저곳엔 아이의 공포는 없다. 아이
의 눈물자국도 없다. 사진은 수동모드에 벌브로 찍으면 된다. 노출을 얼마를 줄 것인가는
찍는 분이 찍어가며 결정하면 된다.

 아이는 저 길을 밤새워 넘어
 어디에도 도달하지 못했다.

 허물어진 廢家의 한 모퉁이
 부러진 꽃대궁
 슬픔처럼 떠도는 구름

감은사지

용서해야 한다.
아 이 삶을, 이 고통을… 천 년이 흘러버린 그 날들을…

강원도로 가고 싶었다.

살아 오랜 세월 동안 산은 벗어날 수 없는 절해고도였다. 세월이 흘러 산에서 나는 벗어났으나 숙명처럼 산이란 유배지를 마음에 담고 살았다. 산에서 산을 그리워했고, 산을 벗어나서 산을 그리워했다. 이 세상은 내가 깃들어 살 수 있는 곳이 아니었다.

강원도로 가고 싶었다.

오지 어디쯤에는 혹시 남아 있을지도 모를, 사람의 발길이 닿지 않은 곳으로 가고 싶었다. 사람의 발길이 닿지 않은 어느 곳에 이 마음을 묻어두고 절망처럼 이 세상 밖을 바라보고 싶었다.

지리산 실비단 폭포를 찾아가던 어느 봄날, 나는 계곡을 벗어나 능선으로 올라섰다. 간밤에 내린 비로 산은 축축히 젖어 있었다. 능선에 서서 애초 찾아가던 실비단 폭포는 잊은 듯이 나는 능선 너머의 산을 그리워했고, 산은 나를 손짓하며 불렀다. 나는 그 산속으로 깊이 들어가고 싶었으나 젊은 날의 감각은 내게 경고했다. 들어가면 살아 나오지 못할 것이라고 경고했다.

강원도로 가고 싶었다.

이 세상을 벗어나 강원도로 가고 싶었다. 내가 꿈꾸는 강원도는 이 세상 어디에도 없을 것이지만 실비단 오르던 날의 그 유혹처럼 강원도로 가고 싶었다.

나는 돌아설 수 있을까. 실비단 폭포의 능선에서 산의 유혹을 떨치고 돌아섰듯이 나는 또 유혹을 떨치고 강원도에서 돌아설 수 있을까. 나는 강원도로 가고 싶었으나 강원도로 가지 못했다. 돌아설 자신이 없는 강원도는 거대한 늪처럼 나를 빨아들이고 있었다. 토·

일요일의 휴일과 평일 며칠의 휴가를 더하여 준비한 강원도행의 날이 부질없이 스러지고
있었다.

　토요일 새벽 네 시, 경주 바닷가 문무대왕릉에 도착하여 천천히 바닷가의 모래톱을 걸었
다. 바다에는 바람이 깊었고, 바람보다 구름은 더욱 깊었다. 날씨로 봐서 돌아서야 했으나
마땅히 갈 곳이 없어 바닷바람을 맞으며 걷다가 먼 수평선을 바라보기도 했다. 평소 휴일
아침이라면 발 디디기 어렵도록 사진가들이 밀렸을 것이나, 날 흐린 탓에 해가 뜨는 순간
에도 좋은 자리로 쉽게 이동할 수 있도록 사람이 없었다. 두꺼운 구름층 위로 일출이 시
작되었고 갈매기 몇 마리 오간 후 원래 그랬던 것처럼 바닷가에는 다시 인적이 끊어졌다.

여기는 어느 잃어진 나라의 무인도일까.
나아갈 수도 돌아갈 수도 없이 보이는 거라곤 오직 바다밖에 없는 무인도.
한 점 먼지만 일었다 스러지는,
어느 나라의 폐허일까….

일출 때 갠 하늘이 오후의 시간을 투명하게 물들여
바닷가의 바람 속으로 저녁노을이 시나브로 번져왔다.

언젠가, 세월이 흘러 내 삶의 마지막 날에도
홀로 맞는 노을빛을 나는 극복하지 못할 것이다.

마음이란 게 만져질 수 있는 거라면 두 손으로 마음의 결을 잡아 천천히 찢는 듯한 고통
을 느낀다. 혼자 바라보는 노을빛… 사람은 결국 혼자일 수밖에 없음을, 뼈저리게 혼자일
수밖에 없음을…….

나는 어둠이 내린 감은사지에
섰다.
감은사지는 문무왕 수중릉에
서 오리도 채 떨어져 있지 않다.
문무왕은 자신이 죽은 뒤에 용
이 되어 佛法을 숭상하고 나라
를 지키겠다는 평소의 뜻에 따
라 동해변에 지은 대사찰이었으
나 지금은 삼층석탑 두 기만 남
아 있다.

평소 나는 감은사지를 마음의
짐처럼 안고 있었다.
감은사지의 세월을, 감은사지의
고독을 마음에 안고 있었다.

다시 찾은 감은사지
감은사지 둘레를 걸으며 바라보
는 석탑에는 천 년의 세월이 쌓
여 있었다.
천 년의 바람과 고통이 고스란

히 쌓여 있었다. 나는 탑 위의 세월이 못내 무거웠다.

용서해야 한다. 아 이 삶을, 이 고통을⋯ 천 년이 흘러버린 그 날들을⋯⋯.

감은사지는 절을 짓기 위해 비탈진 경사면을 인공으로 쌓아 높인 곳이라 바람을 피할 곳이 없다. 나는 사진을 찍는 동안 가만히 서서 바람을 맞았다. 잊었던, 내 마음속으로 바람이 살아나고 있다.

황매산의 가을

어느 가을 단 한 번 오른 이후
오직 가을 풍경만 남아버린, 세상에 존재못할 적멸의 공간

오래전에 이 세상을 벗고자 할 적에 스승께선 글을 버리라는 단 하나의 조건을 거셨다. 그리고 나는 글을 버렸다. 세월이 흘러 다시 세상에 나와서도 나는 쉽사리 글을 가까이할 수 없었다. 길을 벗어나서도 나는 길을 벗어나지 못해 마음을 그 길에 두고 살았다. 오랜 세월 세상은 고통이었다. 세상을 벗어나기 전에도, 돌아온 뒤에도 고통이었다. 세상을 벗기 전 글과 사진으로 고통을 달랬다면 돌아온 세상에서는 글도 사진도 가까이할 수 없어 마음을 갊으며 고통을 견뎠다.

누군가, 마음이 어느 한 곳을 향하지 못하고 자신을 바라보면 스스로를 해치는 무기가 된다고 말했다. 마음은 어딘가를 향했다가 멈추어 내면을 바라보며 내 자신을 할퀴었다. 살아온 세월 같은 무수한 상처를 가슴에 새겼다.

십여 년 전 제주도 여행 중에 산굼부리를 오른 적이 있었다. 그리고 오랜 날 아주 특별한 무언가를 앓았다. 지금도 도무지 정의할 수 없는 기이한 무언가를…. 나는 지금 그때, 산굼부리를 본 이후 앓았던 무언가를 앓고 있다. 무언지는 모르지만 단 한순간 놓을 수 없는 것. 이 세상에 존재할 수 없는 것.

 가을 황매산을 올랐다. 오르기 전까지 전혀 생각하지 않고 있다가 어느 순간 산을 생각
했고 생각 따라 산을 올랐다. 그리고 황매산의 가을 속에 깊이 잠겼다. 산이 그리웠다. 산
의 가을빛이 그리웠다. 황매산의 가을 속에서, 가을이 너무 짙으면 때로 사람은 가을 속
에 익사할 수도 있겠다는 생각을 했다.

 황매산의 가을은 이 세상의 것이 아니었다. 그 바람과 억새와 적요 또한 이 세상의 것이
아니었다. 나는 황매산을 생각하는 날들 동안 글을 쓸 수 없었고, 사진도 찍을 수 없었다.
틈나는 대로 황매산을 올라 일몰의 노을과 짙어오는 어둠을 지켜봤다. 가을을 만나고 싶
었다. 세상과 너무 다른 황매산의 가을을….

 시월의 하순 며칠 맑을 거라는 예보가 있어 황매산에 오를 준비를 했다. 맑을 거라는 첫
날의 하늘에 구름이 자욱했다. 어쩌면 황매산에서 혼자 밤을 지새울 수 있을 거라는 생
각을 했고, 생각했던 것처럼 아무도 오르지 않아 혼자 황매산 속에 남았다.

 황매산을 오르기 시작한 후 처음으로, 정해진 자리 몇 곳을 벗어나 황매산성 주변의 구
도를 세세히 살폈다. 저녁 시간부터 맑을 것이라는 일기 예보와는 달리 먼 산등성이 위로
구름이 짙었다. 세상의 삶은 끝이라고 생각하는 때에도 비로소 시작되는 경우가 있다. 먼

산등성이 위의 짙은 구름 위로 해가 졌다. 그러나 기다렸다. 완전히 어두워지기 전에는 일몰의 사진을 포기할 수 없었다. 그리고 어느 순간, 두터운 구름을 뚫고 붉은 해가 그 모습을 잠시 드러냈다. 암회색 짙은 산등성이 위에 걸린 석양 붉은 해가 바람에 흔들리는 억새에 殘光잔광을 수놓았다. 못 견디게 쓸쓸한 풍경은 곧 어둠에 잠겨 들었다.

황매평전
황매산의 황매봉 아래 펼쳐진 광활한 고원에 어둠이 내리고 별빛이 잔잔히 부서져 내렸다. 아무도 없는 산속, 오직 산과 가을과 억새를 스치는 바람만 있는 산속에서 나는 한점 먼지보다 더 작은 존재가 되어 황매산의 어둠 속을 떠다녔다.

이제 내게는 벗어날 세상도, 세상을 벗는 조건으로 글을 버리라고 요구하실 분도 없다. 나는 아득한 날 전에 세상을 벗었었고, 벗었던 세상 속으로 다시 돌아왔다. 그러나 나는 여전히 세상 밖의 길 위를 헤매고 있다.

황매산을 올랐다.
억새와
일몰의 노을과
산정을 스쳐 가는 바람과
이 짙은 가을

십 대의 날 유월 천왕봉 일몰의 노을이거나 고향 땅 만월의 밤에 찍은 수양버들 늘어진 가지 뒤로 선명한 보름달, 잊은 줄 알았으나 세월이 갈수록 또렷이 되살아나는 기억의 조각. 어느 하늘 속에 묻어 두었거나 불태워버렸을 사진이 때때로 어제 찍은 것처럼 되살아나듯 꽃이 피는 봄날의 기억만 간직하였으나 어느 가을 단 한 번 오른 이후 오직 가을의 풍경만 남아 버린, 세상에 존재하지 못하는 적멸의 공간에

일몰의 노을이 지고 억새가 잔잔히 흔들렸다.

어느 생에 나는 한 점의 산이 되었을까
생의 어느 날에 찍어, 잊었던 사진이 한 장 한 장 되살아나듯
끝내 마음에 가득 찬 가을 산 위로
어느 생에 나는
억새를 스치고 가는 한 점 바람이 되었을까

– 황매산의 가을

만복대

푸른 오솔길의 평화와 새들의 눈부신 지저귐...
"아빠, 바람이 불어요. 시원해요."

전남 구례군과 전북 남원시 사이에 도계를 이루는 산.
높이 1,438m로 노고단(1,507m), 반야봉(1,732m)과 함께 지리산의 서부를 이루며, 지리산 가운데 많은 복을 불러들인다고 하여 만복대라는 이름이 붙었다. 지리산은 백두대간 제1구간에 속하는데 사람에 따라 천왕봉에서 성삼재를 제1구간, 성삼재에서 만복대를 거쳐 여원재까지를 제2구간으로 정하기도 하고 천왕봉에서 여원재까지의 전체를 제1구간으로 삼기도 한다.

산 전체가 구릉으로 되어 있어 산세가 부드러우며, 큰고리봉(1,305m)까지의 3km 능선은 지리산에서 가장 큰 억새 군락지를 이루고 있어 주변을 함께 아우르는 아름다움을 나타낸다.

지리산 北瀑북폭이라는 무제치기폭포 위로 십만 평가량의 대분지가 있다.

젊은 날의 어느 한 시절 그 일대에서 산 적이 있었는데, 이 만복대의 구릉은 기억 속의 그곳보다 훨씬 넓고 평평해 보인다.

한동안 아들과 함께 산을 다녔다. 돌이켜보면 아들과 함께한 추억이 있었을까. 많지 않았다. 그래서 생각해 낸 것이 산을 함께 다니는 것이었다. 문제가 되는 건 나는 사진을 찍기 위해 새벽 산을 올라야 했고, 아들은 잠이 많아 새벽에 깨기가 힘들다는 거였다. 그렇지만 그 문제는 아들에 대한 아버지의 권능으로 가볍게 처리했다. 아들은 다른 사람들처럼 낮에 오르길 원했으나 낮은 사진이 되지 않는다는 이유로 항시 내 뜻대로 새벽 산을 올랐다.

금요일 남해안으로 비가 온다는 예보가 있었다.

비가 온 다음 날은 운해가 필 확률이 높아 토요일 새벽에 노고단으로 해서 반야봉을 오를 계획을 세웠으나 새벽에 성삼재에 올라보니 운해가 없어 노고단보다는 오래전부터 오르고 싶었던 만복대로 방향을 틀었다.

지난 주에는 아들인 선호가 약간 고생을 하였을 것이므로 이번 주에는 선물하고 싶었다. 지리산의 아름다움과 오솔길을 걷는 평화, 산이 주는 넉넉함을 선물하고 싶었다. 성삼재에서 만복대까지는 5.3km로 성삼재의 높이는 1,102m, 만복대는 1,438m로 높이가 366m밖에 차이가 나지 않아 전체적으로 길이 평평한 오솔길 같은 느낌을 줄 뿐 아니라 대부분의 등산객은 노고단이나 천왕봉을 택하기 때문에 이 만복대 길은 등산객이 매우 적어 산의 고요를 맘껏 느낄 수 있다.

이른 새벽에 걷는 오솔길에는 푸른빛의 평화와
새소리와 작은 들꽃의 눈부심 뿐이었다.

　나는 선호에게 이 세상의 거침과 열심히 살아가는 사람들의 삶을 보여주고 그 삶들을 자
연스럽게 배울 수 있길 바라고 있다. 또한 이 세상의 아름다움도 보여주고 이 세상은 살
만하다는 것을 알려주고 싶다. 만복대까지 가면서 세 명을 만났는데 한 명은 다만 스쳐
갔을 뿐 기억이 없고, 두 명은 부자간으로 중학교 일 학년짜리 소년과 아빠로 백두대간

종주를 하는 중이라고 했다. 지리산에서 설악산을 지나 진부령까지를 남한 내의 백두대
간이라 하는데 그들의 장도가 무사하기를 빈다.

 선호는 회귀하는 산길에서 사람들로부터 어린 학생 취급을 많이 당했다. 학생이 아빠와
함께 왔느냐며 먹을 걸 주는 사람, 어깨를 다독여 주는 사람, 손을 잡는 사람 등이 있었
는데 몇 학년으로 보이느냐 물으니 대부분 중학교 삼 학년생 정도라고 답했다.
 처음 몇 번은 청년이라 알려주곤 했으나 길가는 내내 어린 학생 취급을 하므로 그럴 때

마다 웃고 말았다. 선호에게 기분 나쁘지 않느냐고 물으니 어리게 봐주는데 기분 좋은 일
아니냐며 웃는다.

금요일 퇴근하기 전 선호는 제 엄마에게 말했다 한다.
"새벽 산에는 죽어도 못 가겠다고 한번 버티어 볼까요?"
두 번째 산행에서의 선호는 첫 번째 산행보다 한결 느긋하고 부드러워졌다. 그리고 조금
더 마음속에 산을 받아들이고 있다. 산에서 겪는 고행이, 산에서 만난 사람들의 삶이 선
호의 앞날에 작은 도움이라도 될 수 있기를 바란다.

이십 년 만에 이곳을 다시 올랐다.
가을빛이 짙었고, 먼 바다의 무인도였으며, 그 섬에는 아득한 슬픔뿐이었다.
이십 년이 지나 다시 오른 이곳은 푸른 오솔길이었고, 평화였으며, 눈부신 새들의 지저귐
이었다. 선호는 말했다. "아빠, 바람이 불어요. 시원해요."
이 무더운 여름날에 땀이 흘러 옷이 흠뻑 젖는데 시원한 바람이 불어왔다.

행복이란 걸 생각했다. 무거워 결코 벗지 못할 것으로 생각했던 세상은 한 점 먼지의 무게도 아니게 잊혔다. 나 자신도 이상하게 느껴지도록 너무 쉽게 세상은 잊혔다.

살면서 처음으로 행복하다는 생각을 했다.
이 세상을 벗어나서 나는 처음으로 행복했다.

어느 날 세상으로 다시 돌아와서 지리산 자락에 살 준비를 하면서 산을 일구었다. 무더운 여름 하루 땀에 흠뻑 젖도록 산을 일구어 밭으로 만드는 개간작업을 하고 있는데 한 줄기 시원한 바람이 불어왔다. 나는 살면서 두 번째 행복하다는 생각을 했었다.

그 바람, 내가 이 세상에서 두 번째 행복하다고 느꼈던 바람이 만복대 위로 불어왔다.
그 바람을 맞으며 두 번째 행복하다고 느꼈던 그 바람을 생각했다.
아- 나는 지금, 이 순간 행복한가.

남덕유를 오르며

짐승처럼 살아, 짐승처럼 스러졌어도 전혀 이상할 게 없는 목숨은 굵은 동아줄보다 질겼
다. 내 어린 날은 짐승 외엔 아무것도 아니었다. 그러나 나는 살아졌다.

살아낸 것인지 살아진 것인지 알 수 없도록 나는 끝내 살아졌다. 지리산을 오르던 어린
날들에 많은 날, 비를 맞았다. 살갗이 따가울 정도의 거센 빗줄기를 맞았고, 안개비와 이
슬비, 때로는 소나기를 맞기도 했다. 내가 지리산의 빗속에서 살아낼 수 있었던 건 첫 번
째는 내가 인간이 아닌 까닭이었을 것이고, 두 번째는 비닐이었다.

배낭 속을 이중의 비닐로 감쌌고, 비를 맞고 잠을 자도 젖지 않을 큰 비닐을 가지고 다니
며 그 속에 들어가 산상, 산하 가리지 않고 잠을 잤다. 짐승들이 곁에 와 음식을 뒤져도
신경 쓰지 않고 잠을 잤다.

남덕유를 올랐다.

이미 늦었지만, 생각만 하고 가지 않았다는 자책을 남기고 싶지 않아 비 내리는 새벽, 새
벽이라기보다는 그냥 한밤중이라고 하는 게 더 좋을 시간인 두 시에 일어나, 삼십 분 후

집에서 출발하여 네 시가 지나 산을 오르기 시작했다. 남덕유의 솔나리를 찍고 싶었다. 생각만 하고 시기를 놓쳤으나 가지 않는다면 평생 후회할 듯하여 마음의 짐을 덜기 위해서라도 다녀와야 했다. 영각사에서 오르는 길을 택했다. 길은 어두웠고, 비가 내려 축축했고, 산돼지는 스쳐 갔다. 그날 비 그친 길을 오른 사람은 단 열두 명뿐이었다.

2010년 가을 설악산을 올랐다.

2007년 깊은 겨울에 처음 오른 이후 설악산은 내게 꿈이었다. 언젠가 다시 올라야 할 꿈같은 산이었다. 2010년 가을 설악산 오를 계획을 세우고 조금 더 튼튼한 몸으로 다녀오고 싶어 평소보다 운동량을 조금 더 늘렸다.

평소에도 적은 운동량이 아니었는데 늘인 운동량이 내가 버텨낼 수 있는 한계를 초과했는지 출발 며칠 앞두고 허벅지 근육이 파열되어 산을 오를 수 있는 상태가 아니었으나 멈추지 못하고 정한 날짜의 정한 시간에 출발했다.

밤에 출발하여 새벽 시간, 차에서 잠시 자기 위해 누웠으나 허벅지의 통증이 깊어 잠들기가 어려웠다. 오가는 날짜를 포함하여 일주일 계획을 잡고 올라가다 타이어 펑크로 인제에서 하루 머물고 다음 날 설악산 들머리를 찾아다니다 최종 천불동 계곡으로 오르기로 하고 숙소를 대명콘도에 잡았다. 일곱 시 정도부터 자다 열두 시 쯤 오를 생각이었으

나 한 시간 정도 자다 깨어 밤을 서성이다 밤 열두 시쯤 신흥사에서 출발했다. 출발지에서 비선대까지 천천히 걸어도 한 시간이면 갈 수 있는 거리였으나 허벅지의 통증으로 다섯 시간이 걸린 새벽 다섯 시에 도착했다. 그러나 멈출 수 없었다.

어둠 속에서 오르는 산길엔
이 세상 밖으로 향하고자 했던 내 지난날의 傷痕상흔이 질펀히 깔려 있었다.
예전에 나는 전부를 걸었었다.
무언가를 해야 할 적에 목숨을 걸었고 물러서지 못했다.

산행을 시작하던 그 시간부터 무릎까지 길게 이어진 통증은 나를 얽어매고 있었다. 허벅지의 통증이 무디어지길 걸으며 기다렸으나 길은 영원처럼 길었다. 그러나 내 계획했던 길을 다 갈 것을 나는 믿었고 다 가지 못한다면 그때는 내가 이 세상에 없는 경우일 것이다. 계획했던 대로의 산행을 모두 마쳤으나 살아서 처음 산에서 나는 조난하고 싶었고, 또 구조되어 실려 가고 싶었다. 이후 병원과 한의원 등에서 육 개월 이상 치료를 받았고, 아직도 그 후유증으로 인한 발 시림 등이 남아 있다.

남덕유를 오르고 싶었으나 나는 계속 지리산만 오르다 남덕유 오를 시기를 놓쳤다.

그러다 생각만이 아닌 남덕유 오를 계획을 세웠고 비 오는 날이었으나 계획했으므로 출발하여 어둠 속을 걸었다. 길은 어두웠고, 비가 내려 축축했고, 산돼지가 스쳐 갔고 시나브로 밝아오는 산은 안개가 자욱했다.

아침 시간 정상 부근에서 발을 잘못 디뎌 발목을 삐었다. 설악산에서 하산하며 아픈 다리를 피하여 오른발에 주로 힘을 주어 딛다가 몇 번 발목을 접질렸고 그 상태에서 다시 올라오기 어렵다는 핑계로 방태산을 무리하게 오르다 크게 발목을 삔 이후 산을 오르면 습관적으로 발목을 접질리곤 했는데 남덕유에서도 비 내린 탓이었는지 조심했으나 발목을 접질렸다. 처음 남덕유를 오를 땐 서봉까지 다녀올 생각이었으나 발목을 삔 이후 즉시 돌아섰다. 돌아서는 게 옳았다. 설악산에서처럼 돌아서지 못하면 돌아서는 것보다 너무 많은 시간을 잃어야 하기 때문이었다.

남덕유를 오르며

산을 바라보았다.
산을 스쳐가는 바람소리,
낮게 스미는 빗소리를 들었다.

나는 어느 생에 이 길을 걸은 적이 있었던 듯
어둠에 젖은 길 위로 전생의 서러움이 비로 내렸다.

모시대
꼬리풀
노루오줌
꽃은 피어 지천에 깔렸어도
산속의 발길은 못내 무거워
이생에는 끝내 넘지 못할 이 서러운 길이여

한라산으로 가는 길

나는 오랜 날 제주도를 그리워했다.
풍광을, 바람을, 가슴에 맺힌 무언가를.

봄, 한라산으로 가는 길

1
바람결에 쏟아져 내리는 벚꽃잎이었을까
꽃송이째 뚝뚝 떨어지는 동백 붉은 꽃잎이었을까
지는 한 잎의 꽃잎도 꽃이 될 수 있는
하늘에서 내린 한 송이 꽃잎을 보고
미소 짓던 사내가 머물러 사는 산

오백 인의 도둑이었으나, 흉한 너희의 마음은 어디에 있느냐 내 앞에 내놓아 보아라 설법에 따라 나한의 길을 밟아 간 사내들을 닮은 바위를 품은 산. 나는 스치는 바람 한 점, 잎새에 내리는 햇살 한 점에도 산을 그리워했다. 한 자락의 안개와 하늘 스쳐 가는 빗줄기에도 산을 그리워했다. 산이 되지 못한 숱한 날…

나는 산을 그리워했다
오랜 날 가고 싶었으나 갈 수 없었던
내게는 오직 한 길이었던 산
그 길 외엔 아무 길도 준비하지 않았던 산
길을 벗어나 산으로 가는 길을 잃어 마침내
내 삶의 감옥이 되어 버린 산

나는 산을 그리워했다

2

 세상의 날들이 졌다. 꽃잎처럼 뚝뚝 떨어져 내렸다. 지는 세상
에서, 꽃잎을 보며 사내가 짓던 염화의 미소를 나는 그리워했다.
세상의 날들에 꽃잎이 졌다. 지는 꽃잎을 보면서 나는 산을 그리
워했다. 그러나 내 세상에는 꽃이 없다. 사내가 지을 미소도 미
소 지을 사내도 산으로 가는 길도 없다.

 철쭉이 졌다 봄 한때
세상을 온통 분홍빛으로 물들이던
꽃이 졌다

 잃어버려, 갈 수 없는 길이었다 그러나
나는 그 길을 갔다 오백나한이 길게 늘어선 길
세상에서 이미 진 철쭉이 피어나는 세상 위의 고원
그 분홍빛을 따라 나는 산으로 갔다

 꿈이었다, 나의 산은
끝내 닿을 수 없는 꿈이었다

핑계였을 것이다.

나는 오랜 날 제주도를 그리워했다. 풍광을, 바람을, 가슴에 맺힌 무언가를.

핑계였을 것이다. 그리워하면서 나는 제주도를 찾지 않았다. 꽃 한 송이를 찍기 위해 강원도 오지는 찾아가면서도 가슴 가득한 그리움을 안고 제주도를 찾지 않았다. 2004년도에 제주도를 다녀온 적이 있었다. 여러 곳을 다녔을 것이나 오직 한 곳 산굼부리만 점점 되살아났다. 그게 무엇인지 알 수 없지만 산굼부리만의 세월과 공간을 다시 한 번 확인해보고 싶었다. 그러나 내게는 산굼부리를 찍을 수단이 없었다. 집착이었을 것이다. 산굼부리에 관한 글을 쓰면 산굼부리 사진을 찍어야 한다는 집착이 제주를 찾지 못하게 만들었다.

내 사진 동료들은 십 년을 넘게 매년 철쭉 필 시기면 한라산을 올랐으나 나는 함께 하지 않았다. 산굼부리를 마음에 담고 있으니 다른 곳을 찍고 싶지 않다는 편협함이 나를 제주도 다른 곳까지 찍지 못하게 만들었을 것이다.

2018년 철쭉이 필 때 한라산을 올랐다.

택시를 타고 영실휴게소로 갔다. 그것이 시간을 절약할 수 있는 최선의 방법이었으나 제한된 시간만 움직여야 한다는 문제는 있었다. 대중교통의 시간이 제한되어 있으니 사진을 위해 무한정 시간을 배정하지 못하는 문제였다. 차를 갖고 움직인다면 오른 곳으로 되돌아 내려와야 하고, 아주 이른 새벽이 아니라면 주차 공간을 확보하지 못해 중간에 차를 세워 두고 걸어야 하니 산 입구까지 오르는데 많은 시간을 사용해야 한다.

무엇을 하든지 원하는 모든 조건을 다 갖출 수는 없다. 택시를 타는 것. 그것이 내가 택한 최선의 방법이었다.

부산했다. 많은 이들이 모여 부산스럽게 움직였다. 여느 산과는 조금 다른 느낌의 산 입구에서 마음을 점검하고 산에 들었다. 그것은 아주 특별한 느낌이었다. 입구를 막 들어서자 노루귀 잎새가 마중을 나와 손을 흔들었다. 나 여기 있어요. 기다렸어요. 길가에 가득 모여 손을 흔들었다. 노루귀 잎새를 지나니 세바람꽃과 선갈퀴가 함박웃음을 지으며 또 반겨주었다. 풍요로웠다. 이토록 큰 산이, 오르는 길 입구에서부터 작은 들꽃을 앞 세워

반길 거라고 생각하지 못하다가 만나게 되니 하루의 산행이 축복 같았다. 그러나 영실을 뒤덮고 있는 병꽃과 철쭉은 예년보다 이르게 피었다가 시들고 있었다. 해가 갈수록 모든 꽃의 개화 시기가 빨라지고 있다. 6월 4일 정도면 철쭉이 예쁘게 필 것이라고 생각하고 올랐으나 오 일 정도는 늦은 듯 했다.

영실길은 숲을 벗어나 산등성이에 올라 뒤를 돌아보면 멀리 보이는 오름이 환상 같다는 느낌이 든다. 그리고 우측으로는 영실기암이 기기묘묘한 형태로 솟아 동행한다. 저 아이는 어디서 왔을까 신기한 표정으로, 때로는 왜 혼자만 올라가 뾰로통한 연인의 표정으로 함께 산길을 오른다.

그곳을 지나면 한라산의 숨은 속살 선작지왓을 만나게 된다.
선 작지 왓. 서 있는 작은 바위나 돌의 벌판.

평전이라 불리는 산의 고원이 있다.
지리산의 세석평전이나 덕유평전, 황매평전 등이 그것인데 고원은 가슴에 적요를 담고

있어 가까이 다가오는 이들에겐 가슴을 열어 적요의 쓸쓸함을 한 아름씩 선물한다. 선물을 받은 산객은 때로 적요에 물들어 눈물 흘리기도 한다. 세석에서, 덕유에서, 황매에서 나는 눈물 흘렸다. 가슴 가득 저려오는 적막함에 물들어 나는 눈물 흘렸다. 그러나 선작지왓은 그들과는 달리 조금 더 표정이 풍부하다.

꽃이 피는 계절이었다.
흰그늘용담과 설앵초 바위미나리아재비, 세바람꽃, 털앵초를 찍었다. 초행이라 계속 대중 교통의 막차시간이 마음에 걸려 온전히 집중하긴 어려웠다. 내가 알지 못하는 꽃들이 많이 있었을 것이다. 스치면서도 알아 보지 못한 꽃들은 더욱 많았을 것이다. 선작지왓에서는 나 같은 야생전문가라면 한 달 정도는 충분히 살아낼 수 있을 것이다. 그렇

게 한 달 정도는 숨어 살고 싶은 충동을 느낄 정도로 야생화는 반짝였고, 눈부셨고, 고산의
안개는 천변만화하여 순간의 슬픔을 몰아오고, 깊은 적요의 본 모습을 보여주기도 했다.

 처음 오른 한라산에서 나는 겉모습만 봤다.
 하늘과 산과 벌판, 벌판 속의 꽃과 안개와 적요만 봤다.
 다시 오르는 날에는 어리목으로 올라 영실 휴게소 쪽으로 내려오는 것도 아름다울 것이다.
어리목으로 내려가는 길은 자꾸 되돌아보게 했다. 뒤에 남겨진 풍경들이 영실의 본 모습이
아닐까 싶게 자꾸만 뒤돌아보게 만들었다.

 다시 오르고 싶었다.
 눈 내린 날에도 신록이 눈부신 날에도 단풍이 짙은 날에도
 오래 오래 머물며 한라산의 깊은 곳을 느껴보고 싶었다.

 다행이다. 이 세상에 이토록 바라보고 싶은 곳이 많이 남아 있다는 것.
 다행이다. 아직도 내 삶의 많은 날을 바라볼 수 있다는 것.

제 2 장
산, 외로운 꿈

겨울 노고단

기다림을 아름답게 승화시키려면 많은 시간이 필요하다
꽃도, 별도, 삶도…

맑은 밤하늘을 기다렸다. 그러나 구름 한 점 없는 밤하늘은 만나기 어려웠다. 시월 중순에 평사리에서 밤하늘의 별을 찍은 이후, 이동 중에 만난 하루 맑은 날 외에 맑은 밤하늘이 없었다.

일기예보를 계속 살폈다.
사진에는 많은 분야가 있고, 풍경 사진 또한 그러하다.
별… 저 우주 깊숙이 떠도는 영혼의 표상이었는지 모른다.
별… 저 무한우주의 어둠 같은 마음이 찾아 헤매는 한 줄기 빛이었는지 모른다.

일기예보를 계속 살폈다. 아름다움에는, 또 기다림에는 시간이 필요하다. 기다림을 아름답게 승화시키려면 많은 시간이 필요하다. 꽃도, 별도, 삶도….

새벽 한 시가 지나 지리산으로 출발했다. 날이 맑을 거라는 확신이 없어 기다리다가 그냥 돌아설지라도 산에서 별을 기다리기로 했다. 노고단 성삼재에 차를 두고 걸었다.
이십 대의 날들에 지리산에서 멧돼지를 몇 번 만났다. 그날들에는 돼지가 피해갔다. 내 기억 속의 돼지는 그랬다. 그러나 노고단의 멧돼지는 그러하지 않았다. 노고단 오르는 그 큰길 바로 곁에서 잠을 자던 돼지 중 처음 만난 녀석은 인기척에 잠을 깨어 낮게 꿀꿀거

리다가 산속으로 피해 들어갔는데 두 번째 만난 녀석은 길 가
까운 곳에서 잠을 자다 깨어 나를 위협했다. 밝은 달빛 아래 드
러난 녀석은 주저하는 듯했다. 공격해버릴까. 피할까. 나는 녀석
을 물리칠 수 있는 게 스틱이라 불리는 등산용 지팡이뿐이었다.
녀석이 공격해온다면 피할 수 없으니 같이 공격해야 하는데 녀
석의 가장 약한 곳. 등산용 지팡이로 눈을 찔러야 했다.

단 한 번의 기회로 찌르지 못한다면 내가 아주 많이 다치거나
죽을 수 있을 것이다. 다행히 지팡이를 길게 빼지 않고 접은 상
태로 들고 가던 중이어서 찌를지라도 부러지지는 않을 것이다.
나는 배낭도 벗지 못하고 녀석과 마주 섰다. 그렇게 대치를 하
는 중에 사람의 기척이 들렸다. 야간 산행을 하려는 사람들이
오고 있었다. 그때에야 돼지는 몸을 돌려 숲속으로 사라졌다.

그 큰길에서 멧돼지를 두 번 만났다면 혼자 하는 야간 산행의
깊은 산속에서는 얼마나 많이 만나게 될지, 또 얼마나 위험할지
굳이 생각하지 않아도 충분히 알 수 있는 일이었다. 산을, 사진
을 포기할 수 없다면 총은 가지고 다닐 수 없으니 무언가 새로
운 방법을 찾아야 하는데 내가 택할 방법은 보이지 않았다.

노고단 고개에서 반야봉을 향해 별 사진을 찍을 생각이었다.
두 시. 구름이 흘러 다니고 있었다.

반야봉을 향해 두 시간 이상을 별 궤적을 찍었으나 구름이 흘
러들어와 그 방향을 포기하고 다시 노고단 정상 쪽을 향했으나
끝내 온 하늘이 구름으로 뒤덮이기 시작했다.
새벽의 시간에 춥고 졸렸다. 그러나 잘 수 없었다. 잠잘 준비를

전혀 하지 않고 오른 산에서 잠들었다가 혹 저체온증으로 영 못 깨어날까 우려했기 때문이었다. 아직은 내가 지켜줘야 할 사람, 지켜가야 할 시간이 많기 때문이었다. 노고단 고갯길에서 뛰기 시작했다. 너무 추워서, 그 추위를 극복하기 위해 꾸벅꾸벅 졸면서 뛰었다. 아무도 없는 산의 어둠 속에서 새도록 뛰었다.

뛰며 졸며 하늘의 별을 보는데 반야봉 뒤의 하늘이 뿌옇게 밝아왔다. 구름을 보며, 저 구름이 불타오른다면 아름다울 것이란 생각을 했다. 그리고 생각했던 대로 온 하늘이 불

붙듯이 새빨갛게 불타올랐다. 반야봉 하늘의 불꽃 속에 멀리 지리산의 능선이, 중봉과 천왕봉과 촛대봉과 영신봉이 희미하게 보였다. 저 능선 속에 내 젊은 날의 슬픔이 묻혀 있다.

그리워하다가, 애태워 기다리다가
삶은 산처럼 깊어가고 있다.

여자만 고롱나무

닿지 못할 세상
스러져 한 점 먼지가 되고 싶었던 별처럼 아득히 먼 세상

 열여덟 살의 어느 하루, 지리산을 오르다 날이 저물어 한갓진 곳에 텐트를 치고 잠을 잤다. 그 당시 나의 텐트는 본체와 바닥이 따로 떨어져 있는 엉성한 것으로 잠을 자다 보면 텐트 밖으로 미끄러져 나와 이슬을 맞기 일쑤였다. 그날도 텐트 밖으로 미끄러져 나와 한기에 잠을 깨 누운 채 하늘을 봤는데 그때까지 봤던 모든 별과 그 별들의 반짝임을 한곳에 모아 놓은 듯한 별의 반짝임을 봤다.

 숲의 적막. 어두운 숲의 향기가 지금도 짙게 풍기는 듯하다. 작은 계곡 물소리는 어둠 속으로 천천히 번져오고 작은 풀잎들은 나와 같은 눈높이에서 흔들리고 있었다. 나는 그곳에서 잠을 깼고, 세상에는 온통 별뿐인 듯 별빛으로 가득 차 있었다.

 열여덟 살의 삶이 허무할 적에 마음에 작은 별 하나 심어 두고 항시 그 별을 지켜봤다. 나는 별이 되고 싶었다. 어느 무인의 별 속에 한 점 먼지가 되어 아득히 사라지고 싶었다.

여수시 율촌면 바닷가의 고롱나무

어느 분의 사진이었는지, 혹은 어느 사이트였는지 바닷가에 외로이 서 있는 고롱나무 한 그루를 봤다. 마음에 담아 두었다가 여러 해가 지난 후 비로소 그 고롱나무를 찾아 나섰다. 그러나 다른 특별한 장소와 마찬가지로 찾기 어려웠다. 네비게이션이나 인터넷에 올라오지 않은 곳이라 더욱 그랬다.

이곳 어디인가에 고롱나무가 존재하는 것인지 그것을 알 수 없어 길은 더욱 아득했다. 그러나 다른 방법이 없었다. 이곳이 아니면 또 어느 바닷가를 헤매야 할지 모르겠지만 지금은 이 바닷가에서 찾는 방법밖에 없었다. 율촌면 바다가 시작하는 곳부터 끝나는 곳까지 샅샅이 훑어가며 찾았다.

이틀째 오후 두 시쯤 고롱나무의 바닷가에 섰다. 두 시의 겨울바람은 살갗을 베고 나가는 듯 날카롭더니, 저물녘이 되자 겨울바람은 살갗을 찢는 듯 더욱 날카로워졌다.

여자만 고롱나무
그 너머로 멀고 아득한 세상이 펼쳐졌다.
내가 닿지 못할 세상,
스러져 한 점 먼지가 되고 싶었던 별처럼 닿지 못할 세상
아득히 먼 세상……

버려진 정원의 잡초 속에 피어난 들꽃 같은 애틋한 느낌의 바닷가.
잠을 자다 텐트 밖으로 밀려 나와 버린 듯한 약간의 황당함과 그대로 누워 바라보던
별의 눈부심을 간직한 작은 바닷가.

내 마음 저 깊은 한편에 쓰러질 듯 먼 그림자 같은 모습으로

어둠과 그 속에 남아버린 밤개의 울음 같은 바닷가
비켜선 자리가 쓸쓸하여 마음을 할퀴는 바닷가

불현듯 혼자인 듯 느낄 때가 있다.

절해고도 같은 십일월의 산속에서 느꼈던, 생명 있는 모든 것이 소멸해버리고 우주 속에 혼자 남아 있는 듯한 느낌이 들 때가 있다. 처음 고롱나무의 바닷가에 서서 바라본 세상은 황량하고 적막했다. 이 세상에 비켜선 모습으로, 겨울바람에 부유하는 먼지 같은 허허로운 느낌으로.

여기는 촬영 적기가 일월이다. 고롱나무를 배경으로 하여 하늘과 바다, 혹은 세상 밖의 외로움을 찍어도 된다. 외로움을 짙게 표현하고 싶다면 빛의 광량을 줄여주는 ND400 필터를, 일몰의 노을빛을 더 깊게 표현하고 싶다면 ND6 필터를 사용할 수도 있다.

나는 지금까지 사진 촬영을 하면서 한 번 찾은 자리는 해마다 그 시기가 되면 귀소 본능

처럼 다시 찾았으나 여기는 두 번 다시 찾지 않았다. 그날, 노인분들만 남은 바닷가의 조그만 마을 어귀에서 밤 깊도록 사진을 찍을 적에 조금만 움직이면 밤개가 짖어 동네 분들이 불안한 마음에 잠들지 못하고 내다보기를 반복하다가 자정이 넘어서자 마을 대표자 몇 분이 다가와 내게 물었다. 왜 밤늦도록 여기에 있느냐, 언제까지 있을 것이냐.

 나는 그분들을 보며 아무리 내가 하고 싶은 일일지라도 그것이 남의 평화를 깨트리는 것이라면 다시 해서는 안 될 것이라는 걸 마음 깊이 새겼다.

 고롱나무에서 1km 정도 우측으로 가면 작은 방파제 같은 시설이 있고, 그곳에는 십이월부터 다음 해 삼월 중순까지 찍을 수 있는 아름다운 일몰의 자리가 있다.

 여수시 율촌면 봉전리의 바닷가 한쪽에 지금도 고롱나무 한 그루가 서 있다.
 폐허처럼
 폐허의 결정結晶처럼

물건리 일출

새벽 세 시, 바다의 꿈을 꾸는 길 위에서

 1989년 9월 5일 제1회 응창기배 결승 5국에서 한국의 조훈현 구단이 중국의 섭위평 구단을 불계로 눌러 세계 바둑의 황제로 등극하였다. 조금 나이가 있는 바둑팬이라면 그때의 감격과 흥분을 아직도 기억하고 있을 것이다. 당시 우리나라는 세계 바둑계의 변방이었다. 그때의 우승을 국내외 모두 기적 같은 일이라고 했다. 그 말은 우리나라의 바둑 실력이 뛰어나 우승한 게 아니라 어쩌다 보니 이룬 우승이란 거였다. 그리고 4년 후인 1993년 5월 20일에 우리나라의 서봉수 구단과 일본의 오다케 히데오 구단의, 제2회 응창기배 결승 5국이 있었다. 서봉수 구단은 그 결승국에서 승리하였고, 결승국 승리로 인해 세계 바둑의 저울추는 완전히 우리나라로 기울게 되었다.

 워낙 오래 전의 일이고 기보도 전혀 기억할 수 없지만 기억에 바둑은 종반까지 서봉수 구단에게 상당히 불리한 형세였으나 불리하다고 느낀 그 순간부터 한 수 한 수 승부수를 던졌고, 오다케 히데오 구단은 기세에 눌린 듯 주춤 주춤 물러서다 대마를 잡히고 돌을 던졌다. 그러나 내가 기억하는 바둑은 최종국이 아닌 몇 국째인지 지금은 기억하지도 못할, 승리한 한 판의 바둑이다. 기억에 종반까지 불리한 바둑에서 서봉수 구단이 미생인 좌상귀를 방치하고 상변의 실리를 취하는 승부수를 던졌다. 당연히 오다케 히데오 구단은 좌상귀를 잡으러 갔는데 잡으러 간 그 한 수가 타성에 젖은 수로 통한의 패착이 되었다. 타성. 이십 년이 훨씬 더 지난 일이지만 나는 아직도 타성을 생각하면 그 한 수를 생각한다.

 서봉수 구단의 바둑은 아무리 짓밟혀도 끝내 스러지지 않는 잡초의 근성을 가지고 있다. 서봉수 구단은 최종국을 앞 두고 심장의 대결이라는 말을 했던 것 같다. 최종국 한 판으로 일본의 바둑은 몰락의 길을 걷게 되었고, 우리나라는 이후로 오랫동안 세계 바둑의 최강국으로의 자리를 지켰지만 내가 생각하는 2회 응창기배의 승부는 타성에 빠진 그 한 수 였다고 생각한다. 4년 전인 제1회 대회에서도 결승 4국이 승부의 분수령이 되었던 것처럼… 한 수. 바둑 한 판이 대강 삼백 수 정도에서 끝난다고 가정하고 다섯 판이면 천오백 수가 되는데 그 천오백 수 중의 한 수가 한 개인과 국가의 몰락과 興盛흥성을 좌우한다고 하면 어찌 한 수, 한 수가 두렵지 않으랴.

 길을 가는 사람은 잘 벼린 칼처럼 감각의 날이 서 있어야 한다. 글을 쓰는 사람은 글에 대해서, 사진을 찍는 사람은 사진에 대해서, 바둑을 두는 사람은 바둑에 대해서. 그렇지 못하고 감각이 녹슬어 버리거나 타성에 젖어 살게 된다면 그의 정신 속에 숨어 있을 천재는 끝내 피어나지 못할 것이다.
 우리가 알지 못하는 어느 한 순간, 단 한 번의 작은 몸짓이 개인의 삶과 개인이 속한 전체의 흐름을 바꿀 수 있다면 어찌 매 순간이 가벼울 수 있으랴.

 겨울 하루 전국이 온통 맑은 날이었다. 사진을 찍기 시작한 이후, 십 년이 넘는 세월 동안 겨울철 맑은 날이면 산과 바다에서 밤을 지새우며 사진을 찍었다.
 일주일 간 날이 맑으면 일주일 간 밤을 지

새우며, 보름간 날이 맑으면 보름 동안 밤을 지새우며 사진을 찍었다. 그리고 봄이 되면 내 얼굴의 동상은 깊었고, 건강하지 못했던 나의 간은 더욱 악화되어 치료가 필요했다.

해마다의 봄에 나는 몸을 회복하기 위해 최선의 노력을 했다. 그러다 어느 겨울 이후 간이 악화되어 동상을 치료할 약을 쓸 수 없다는 말을 들었다. 그러다 올해는 겨울을 지새우기도 전에 몸에 심각한 이상이 생겼고 나는 내 몸이 어느 정도 회복이 될 때까지 밤을 지새우는 사진을 찍지 않기로 했다. 그러나 맑은 날의 밤마다 나는 잠들기 어려웠다. 맑은 날의 밤빛이, 맑은 날의 별빛 달빛이, 그 차가운 날씨가, 물빛이, 산빛이 가슴속에 되살아나 잠들기 어려웠다.

맑은 날의 나는 몸이 회복이 되도록 밤을 지새워 사진을 찍지 않기로 하였으나 그렇다고 아주 놓을 수는 없어 짧게 움직이는 거리거나 목숨 걸 정도의 것이 아니면 계속 사진을 찍었고, 또 찍어야 했다. 그러나 최선을 다 하지 않는다는 생각이 나를 괴롭혔다.

맑은 날의 새벽, 보름을 넘긴 달빛은 방안에 가득 차 빛났다. 나는 방안의 달빛을 낮인 양 바라보다가 바다로 나가는 짐을 꾸렸다. 길을 가는 자는 그 끝에 닿지 않는 한 멈출 수 없는 것이 길을 가는 자의 숙명이다. 두 시간의 거리. 그리고 바다는 텅 비어 있었다. 싸르륵 싸르락 잔돌을 어루만지는 물결의 소리. 어둠 속에 새겨지는 갈매기의 날갯짓소리. 그리고 내 모든 정신과 행동을 얼려버릴 듯한 極寒극한의 기온. 바다는 적막 속에 아름다웠다.

수천 판의 바둑처럼 숱한 세월 일출의 사진을 찍었고, 숱하게 오메가 형태의 일출 사진을 찍었으나 올 겨울에는 한 번도 오메가 형태의 사진을 찍지 못했다. 내 자신이 게으르다 생각하지 않았으나 날씨에 대한 내 감각이 스러진 탓인지, 날이 무뎌진 탓인지 도무지 알 수 없게 찍지 못했다. 그것이, 밤을 지새우지 않기로 물러서며 마음이 스러진 탓 같아 나를 힘들게 했다.

 일출의 시간 일곱 시 삼십오 분 가까이 되어 젊은이들 몇 명이 사진을 찍으러 왔다. 십대 거나 갓 이십대로 보이는데 그녀들의 장비나 차림은 가볍지 않았다. 비싼 장비라는 말이 아니라 오랜 시간 함께 한 듯 그녀들과 일체감이 느껴졌다. 사진은 다른 분야와 달리 나 이가 많은 사람들로 편중되어 있다는 느낌을 때로 받았는데 이 몇 년간 사진을 찍으러 다 니다 보면 젊은 사람들의 참여가 많이 느는 것을 보고 다행이란 생각을 많이 한다. 어떤 분 야가 활성화되고 살아나려면 젊은이들이 많이 참가해야 한다.

 나는 쉰이 넘은 사람으로 발상의 전환이 어렵다. 생각이 굳는 탓일 것이다. 발상의 전환 이 이루어지지 않으면 침체하게 된다. 진실로 나의 두려움은 그것이다. 게으르거나 멈추는 게 두려운 게 아니라 새로운 도전을 하지 못하고, 발상의 전환을 못하게 되는 게 두렵다.

 돌아오는 길은 졸음에 겨워 모방처럼 창밖으로 고개를 내밀어 고함을 쳤고, 그때마다 황 폐한 내 정신에서는 풀썩풀썩 먼지가 일었다.

바다로 가는 길

새벽 세 시, 바다의 꿈을 꾸는 길 위에서
이파리 모두 떠난 빈 가지 달빛에 몸을 적시고 있다
절반은 빈 채로 스러지고, 절반만 남아
낮게 엎드려 숨죽인 집들의 마을을 지나면
벌판에는 길을 잃고 헤매는 바람
내 그리움은 언제나
바람의 길을 걷고 있다

어느 해 가지를 떠난 이파리들이
깊은 어둠속
언덕 아래 모여 여윈 눈빛으로 나를 보고 있다
우리는 모두 떠나온 곳으로 돌아가지 못한다
저 잎새의 고향은 어디였을까
내 고향은 어디였을까, 마침내
살결은 부서지고 뼈로만 남아
돌아갈 고향은 어디였을까

겨울 깊은 밤
바다의 꿈을 꾸는 길 위에서 바람이 울고 있다
이파리 모두 떠난 빈 가지에서 달빛에 젖어 울고 있다
새벽 세 시, 바다로 가는 길을 잊고 나는
바람의 길을 그리워하고 있다

영주무섬마을

경북 영주군 문수면 내수리에, 물 위에 떠 있는 섬과 같다 하여 이름이 무섬인 마을이 있다. 마을은 1666년 반남 박씨인 수가 이곳에 처음 터를 잡은 후 선성 김씨가 들어와 박씨 문중과 혼인하면서 오늘날까지 두 집안의 집성촌을 이루고 있다.

물 위에 뜬 연꽃 모양을 닮았다는 무섬마을은 우리나라 전통 마을 형태를 그대로 간직한 곳으로 40여 가구의 전통가옥이 지붕을 맞대고 마을을 이루고 있으며, 수백 년의 역사와 전통이 그대로 남아 있다.

낙동강 줄기에는 강물이 산에 막혀 물돌이동을 만들어 낸 곳이 여럿 있는데, 무섬마을은 낙동강 지류인 내성천과 서천이 휘돌아 흐르는 대표적인 물동이 마을로, 마을로 들어가는 외나무다리는 1983년 현대식 다리가 생길 때까지 삼백 년 이상을 바깥세상과 이어주는 유일한 길이었다.

낯선 세상으로 이어지는 유일한 길.

평생 길에서 벗어나고 싶었으나 벗어나지 못했던 내 모습처럼 마을은 길을 벗어나지 못하고 외나무다리 길을 바라보며 세상에서 유폐되어 있었다. 마을은 외나무다리가 있어 비로소 마을이 되었고 마을은 그 외나무다리로 하여 마을의 유배지가 되었다.

세상으로 나가는 유일한 길
오솔길 같은 작은 평화가 아니라
살아내기 위해 어쩔 수 없이 걸어야 했던
이 외나무다리를 오랫동안 생각했다.
삶에의 어쩔 수 없는 길로…….

오후 늦게 이곳에 들어와 백사장을 거닐며 외나무다리를 살펴보기도 하고, 또 걸어보기도 했다. 이제는 삶의 애환 같은 건 하나도 없이 마을의 상징처럼 남은 외나무다리. 가끔

세상에는 그 모습만으로 풍경이 되지 않는 경우가 있다. 그럴 때는 무언가를 채워 넣어야
만 풍경이 완성된다. 저물어가는 시간의 낯선 곳에서 모델이 되어 줄 누구도 없어 나를 모
델로 세워놓고 사진을 찍었다.

시나브로 어두워가는 낯선 마을의 낯선 바람결…
모래톱을 걸으면 물결이 씻기어 간 자리 슬픔이 결을 이룬다.

항시, 어두워가는 길 위에 서면 돌아갈 길이 없다.

새우난

한 걸음 한 걸음 길에서 벗어나
다시 돌아갈 수 없을지도 모를 곳에 이르렀다.
새우난, 그 작은 한 포기 들꽃 속에 시드는 꽃처럼 내가 있다.

이십사 년 만에 지리산 누옥으로 노스님 한 분이 찾아오셨다. 내가 어린아이였을 적 처음 뵐 때도 그분은 스님이었고, 장성한 후에도 스님이었는데 마침내 한 스승 밑에 같이 있었다.

통영 미륵산에 대규모 새우난 서식지가 있으나. 지금은 대부분 괴사 중이다. 통영시에서 '미륵산 관광 기반 확충사업' 목적으로 새우난 서식지 위로 철골 구조물과 나무 덱을 설치하는 탐방로 개설 공사를 하고 있기 때문이다. 이전까지는 외부에 알려지지 않아 서식지가 잘 보전되었으나, 이 공사 때문에 서식지가 파괴되어 괴사가 진행 중이며, 장차 외부인들의 무분별한 채취와 사진가들의 훼손 등이 더해져 종래 멸종할 우려가 있다. 어쩌면 한두 포기씩은 우리가 전혀 모르는 가정집에서 보호받으며 살게 될 것이다. 그리고 살아 있는 포기보다 더 많은 포기가 몰래 채취해가는 과정에서 죽게 될 것이다.

이십사 년 만에 만난 스님은 예전의 날카롭고 눈빛 성성하던 분이 맞나 싶을 정도로 노쇠해 있었다. 스님의 염불소리는 그 어떤 노랫소리보다 아름다웠고, 성격은 불같아 목소리가 산문을 넘나들었으나 지금은 예전의 기상을 전혀 느낄 수 없는 노승이 되어 있었다. 젊은 날 나는 學人학인이었고, 그 시절 분란이 있었다. 스승께서 무언가를 결정하셨고, 그것이 학인들 사이 분란의 씨앗이 되었다. 마치 오조 홍인조사께서 육조 혜능조사께 법을 전할 적에 신수는 그것을 막고, 자신이 받기 위해 힘으로 법난을 일으켰던 것처럼……. 나는 그것이 옳다고 생각했다. 스승의 곁을 떠나 있는 것이 스승께 누가 되지 않고 분란을 잠재우는 길이라 생각했다.

나는 부족했다. 그리고 돌이킬 수 없다.

새우난 서식지를 올랐다. 서식지가 대규모였을 거라는 파헤쳐진 흔적만 날카롭게 남아 있고, 새우난이 남아 있는 자리는 원 자리의 십 분의 일도 안 되어 보였다. 그 자리에 서 면 채취할 생각이 없던 사람도 이제 못 볼지 모른다는 위기감이 생겨 몰래 캐어갈 생각이 들 정도로 서식지는 황폐해져 있었다.

나는 사고가 편협하여 함께 삶을 나누고 싶은 벗을 몇 사람 되지 않는다. 상대에게 최선 을 다하다가 몇 번 실망하게 되거나 상대가 기본적인 예의를 지키지 않는다고 생각되면 관계를 끊고 돌아보지 않는다. 내가 부족하면서 상대의 부족함을 감싸주지 못하니 어떻 게 벗을 사귈 수 있을까.

십여 년 전에, 세상 밖의 도반이었고 세상 안의 벗이었던 스님이 낯선 분을 데리고 지리 산 누옥으로 나를 찾아왔다. 나는 그들이 겨울 동안 지낼 움막을 지리산 깊은 곳에 지어 주고 돌아 나오는 길에 원인을 알 수 없는 눈물을 흘렸다. 바위에 걸터앉아 산 밖의 세상 을 바라보는데 도무지 그 의미를 이해하지 못하게, 마음에 아무런 감정의 변화가 없는데 눈물이 걷잡을 수 없이 쏟아졌다.

 노스님이 오신다는 연락을 받았다. 한 스승 밑에 있었으나 보고 싶다는 생각은 단 한 번도 하지 않았다. 가끔 그 상황에서 왜 목숨을 걸지 못했을까 회한하며, 그 회한의 한 복판에 노스님도 있었다는 생각을 했을 뿐 그 외의 감정은 전혀 없었다. 그러나 오신다는 연락을 받은 후 가슴에는 아무런 감정이 일지 않는데 눈물이 흘렀다.

 언젠가 나는 새우난 서식지 그 푸른 들녘처럼 아름다웠을 것이다. 한 두 포기 무심히 무심히 캐어가다가 마침내 새우난이 멸종의 위기에 처한 것처럼, 나는 한 걸음 한 걸음 길에서 벗어나 다시 돌아갈 수 없을지도 모를 곳에 이르렀다.

 새우난
 그 작은 한 포기 들꽃 속에 시드는 꽃처럼 내가 있다.

박제가 되어버린 천재

나는 오십 대 중반을 넘어섰다.
멈추어서는 안 되는 마음이 멈추어 서서 이 세상을 돌아보고 있다.
지금이 시작이라고 이제 시작이라고 다독이는 마음보다
먼저 숨어버리는 이 마음

길을 가야 하나
길은 점점 아득하다.

삶은, 세상은 모든 사람에게 공평할까? 기회는 모든 사람에게 공평할까? 아니라면 그렇

게 되는 까닭이 무엇일까? 내 어린 시절에 어떤 사람을 봤다. 화가였는지 화가를 꿈꾸는 사람이었는지 지금은 기억할 수 없으나 그는 항시 무언가를 그렸고, 그리고 싶어 했고, 그 길을 가고 싶어 했다. 그러나 오랜 날 지켜본 그는 점점 그 길을 벗어났고, 세상 속에 묻혔다. 가끔 그를 보면 가슴 아팠다. 사람들의 삶이 경제적으로 윤택해진 이천 년대 이후에도 어느 사람은 자신이 꿈꾸는 길을 가기 위해 모든 것을 다 던졌으나, 결과는 막다른 곳으로 몰려 죽었다. 굶어 죽었건 불타 죽었건 그 길 외엔 선택할 길이 없었다. 완벽히 빈손이 되었고, 마지막 그의 손에는 그가 꿈꾸던 작품 몇 점뿐이었다.

예술은 밥이 아니었고, 밥이 되기 어려웠다. 어느 사람에게는 쉽게 이르는 길이 어느 사람에게는 전 생애를 바쳐도 이르지 못한다. 나는 삶의 공평하지 못함이 왜인지 모른다.

깊은 인연이 아니었으나 오래 기억나는 사람이 있다. 생떽쥐베리가 그의 자전적 소설 인간의 대지에서 표현했던 것처럼, 야간열차를 타고 가며 짐짝처럼 엉켜서 잠든 사람들을 바라보다 훗날 표현했던 것처럼, 잠든 사람들 속에 있었을지도 모를 모차르트거나 미켈란젤로 같은 천재성, 결국은 깨우지도 못하고 잠들어버린 천재성.

그는 어쩌면 깨우고자 노력했을 것이다.
그러나 그의 천재성은 결국 생떽쥐베리의 진흙처럼 잠들어버렸다.

삼십 대 초반의 일이다. 당시 서예전시 단체전을 앞두고 연습하던 시기로 기억한다.
밤이 깊으면 그는 항시 술에 취한 주정뱅이의 모습으로 찾아와 돈 천 원만 빌려달라고 위협처럼 말하곤 했다. 나는 아무 말 없이 몇천 원의 돈을 항시 쥐여줬다. 나는 어린 날의 기억으로 술주정을 받으면 참기 어렵다. 그러나 그는 천 원만 빌려달라 위협처럼 말해도 단한 번 말하고는 더 말하지 않았다. 그러면 나는 그에게 몇천 원의 돈을 항시 쥐여주었다.
밤 깊은 어느 하루, 그는 전혀 술주정뱅이가 아니게 술 취하지 않은 모습으로 기타를 하나 들고 찾아와 내게 노래를 하나 들려주었다. 소월의 진달래로 곡을 만들었는데 한 번더 불러 달라고 요청했고, 그는 한 번 더 부르고는 표표히 갔다.

때때로 나는 거리에서 그를 봤다. 항시 술에 취해 비틀거렸고, 지나는 사람들에게 시비를 걸었으며, 여전히 소주 한 병을 사 먹기 위해 돈 천 원을 빌렸다. 거리에서 그가 안 보이면서 나는 그를 서서히 잊었으나 훗날 마야라는 여인이 진달래라는 노래를 만들어 많은 인기를 얻었다. 많은 곳에서 그 노래가 들렸다. 그러면서 나는 그를 다시 기억했다. 그러나그는 여전히 보이지 않았다.

그 밤 그는 말했었다. 좋은 노래를 만들고 싶다고.
모든 사람의 가슴에 남을 좋은 노래를.

그러나 그는 한 사람의 가슴에 남은 노래를 만들고 더는 보이지 않았다.

나는 때로 그를 생각했고 생떽쥐베리의 진흙을 생각했다.
가슴속에 있었을 그 반짝거림 천재성 그러나 꽃피우지 못하고 진흙처럼 굳어질 천재성
아 결국은 진흙이 되어버린 서러운 천재

나는 오십 대 중반을 넘어섰다.
결코 멈추어서 안 되는 마음은
멈추어 서서 세상을 돌아보고 있다.
지금이 시작이라고 이제 시작이라고
다독이는 마음보다 먼저 숨어버리는 이 마음.

길을 가야 하나
길은 점점 아득하다.

정지용 생가

얼굴 하나야
손바닥 둘로
폭 가리지만

보고픈 마음
호수만 하니
눈 감을 밖에

- 정지용 호수 -

십 대 초반에 이 시를 봤다.
 내가 특별히 이 시를 좋아해 읽은 건 아니고 내 위로 다섯 살 많은, 시인을 꿈꾸던 누나
가 이 시를 좋아해 시작 노트에 적어 놓은 걸 오가며 몇 번 봤다. 누나는 고등학교 입학
을 해야 할 때 가정형편이 좋지 않아 낮으로는 공장을 다니고, 밤으로는 학교를 다니는

마산의 어느 공장 기숙사로 들어가 전국 백일장에서 장원을 차지해 신문에 실리기도 했으나 그 꿈을 끝까지 지켜가지 못하고 세상 속에 묻혔다. 이후 이 시를 읽을 때마다 나는 누나의 잃어버린 꿈을 생각했고, 시인에의 꿈을 끝까지 지켜가지 못한 누나의 슬픔을 생각했다.

나는 누나가 어떤 계기로 시를 쓰고 싶어 했는지, 시인이 되고 싶어 했는지 알지 못한다. 그리고 시를 더 이상 지켜가지 못했을 때의 슬픔이 얼마만 한 것이었는지도 알지 못한다.

2017년 6월의 햇살 좋은 하루 충북 옥천 정지용문학관에서 내가 속한 문학 동아리의 모임이 있었다. 누나 때문에 정지용 시인을 다른 시인들보다 조금 더 일찍 알게 되었고, 아름다운 詩語를 가진 시인으로 생각하게 되었던 정지용 시인의 문학관.

사람은 누구나 꿈을 꾼다.
그러나 꿈과 현실은 항상 일치하지 않아 어떤 사람은 몸부림 없이 그 꿈을 지켜가기도 하고, 어떤 사람은 죽을 힘을 다 해 지켜가고자 해도 꿈을 잃기도 한다.

옥천읍 향수길
정지용 생가 가는 길의 옥천은 그냥 조그만 시골마을이었다. 작은 소도시의 편도 1차선 도로가로 식당과 커피숍과 상점과 사람 사는 작은 집들이 늘어서 있고, 사람 사는 집보다 더 작은 하천이 있는 시골 마을.
내 어릴 적 살던 마을에도 비포장의 신작로 양쪽으로 작은 집들이 늘어서 있었다. 그런 기억의 편린 같은 작은 마을. 경상도의 산골 마을과는 또 다르게 한가하고 적적하여 사람을 나른하게 만드는 이상한 마을. 다녀온 지 이틀이 지났다. 많은 사람이 북적였고, 읍내의 식당에는 사람이 미어터질 듯했으나, 단 이틀 만에 사람에 관한 기억은 단 하나도 남지 않고 한가롭고 적적한 마을의 분위기만 기억 속에 남아 있다.

누나는 정지용 시인의 시로 하여 시인의 꿈을 꾸었는지, 시인의 꿈을 꾸며 정지용 시인을 알게 되었는지 모르지만 누나 때문에 알게 된 정지용 시인의 생가는 초가지붕을 이고 있으나 시골집답지 않고 세상과도 어울리지 않게 낯선 공간 속에 약간 비켜 서 있었다. 여기서 시인은 무슨 꿈을 꾸며 살았을까, 빛나는 세상을 꿈꾸며 살았을까, 언젠가는 이 세상이 기어이 아름다울 것임을 믿고 살았을까.

시인이 살았을 본래의 집과는 사뭇 달라졌을 생가의 마루와 기둥을 쓰다듬으며 꿈을 잃고 마침내 모든 걸 잃은 누나를 생각했다.

사람은 누구나 꿈을 꾸지만 어떤 사람의 꿈은 아주 슬픈 기억이 되기도 하고, 어떤 사람의 꿈은 다른 이의 빛나는 꿈으로 이어지기도 한다.

생가 뒤의 문학관과 또 그 뒤의 몇 곳 커피숍이 전부인 듯한 마을에서 일곱 사람이 만나 세상과 글에 관한 이야기를 나누다 점심을 먹고, 커피를 마시고 또 저녁을 먹으며 가을에는 자연이 아름다운 곳에서 또 만나자 약속하고 헤어졌다.

정지용 생가!
저곳에서 누군가 태어나 아름다운 글을 쓰고 시인이 되고, 마침내 왔던 길로 돌아갔지만 삶의 흔적은 아무것도 남아 있지 않다. 다만 그 흔적을 찾아보려는 부질없는 몸짓은 계속될 것이다.

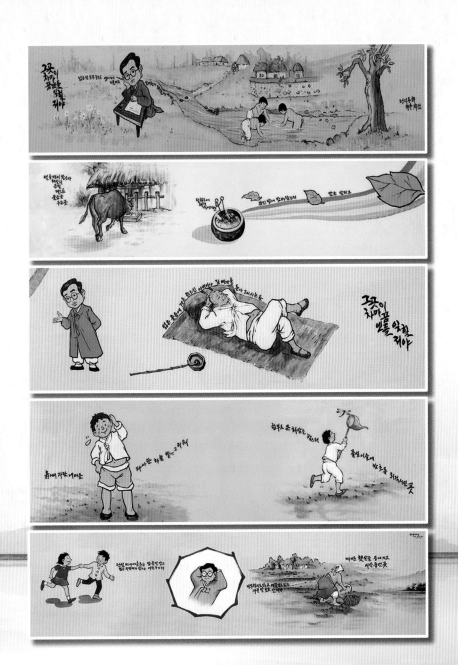

불일폭포

지리산에는 두 개의 폭포가 있다.

북폭이라 불리는 무제치기 폭포와 남폭이라 불리는 불일폭포가 그것이다. 전하는 말에 의하면, 무제치기에는 우리나라 2대 도맥의 한 종주였던 개운화상이 계시다 떠났다고 들었다. 나는 알지 못한다. 어디로 가셨는지, 또는 돌아가셨는지, 아니면 파미르 고원 밑의 정량동으로 가셨는지.

며칠 비가 내렸다. 며칠 성제봉 운해의 물결을 바라봤다. 운해는 마당 밑으로 자욱이 깔리기도 하고 창문에 매달려 눈물을 흘리기도 하고, 성제봉을 점령하여 산의 허리를 두르고 오르내리기를 반복했다. 우리 집에 손님이 와서 이틀 동안 아무것도 않고 운해를 바라보며 감탄만 하다 불일폭포를 한 번 오른 후 돌아갔다.

먼 곳에서 온 친척 아이들이라 큰 애와 함께 비 오는 날 불일폭포를 올랐다. 삼십칠~팔 년 전 처음 불일폭포를 오를 때는 험했던 길이 지금은 평지가 되었다. 열 살, 열한 살 아이들이 신발도 제대로 갖추지 않고 올랐지만, 굳이 말하지 않았다. 참새처럼 조잘거리며, 때로 제비처럼 짹짹거리며 는개 속의 우중 산행을 즐거워했다.

어느 해 불일 평전에는 털보라는 분이 있었고, 또 어느 해는 가족이라는 분들이 있더니 지금은 폐허가 된 집만 덩그러니 남아있다. 이 세상에 영원한 것은 없으나 흐르는 것, 잊히는 건 영원하다.

불일폭포는 평소에는 수량이 적어 폭포의 흔적만 남아 조금씩 쏟아진다. 비가 많이 오면 상황을 봐서 하산하기로 하고 집에서 세 시쯤 출발하여 화개면 운수리 목압마을로 진입하여 국사암에 차를 두고 오르기 시작했다.

어느 때라고 삶이 찬란하던 때가 있었을까. 살아가는 날들은 항시 그랬을 것이다.

어느 순간 가슴을 옥죄는 슬픔 같은 게 있다. 그걸 허무라 하든지 개시허망이라 하든지 이름을 떠나 나는 살아서 그걸 극복하지 못할 것 같다.

마음이 평화로워지면 예쁜 책을 한 권 쓰고 싶었다.

가을 햇살처럼 맑은, 잎새를 어루만지고 가는 가을바람처럼 평화로운 글을.

어쩌면 내게 마음의 평화란 이루지 못할 꿈일지도 모른다.

여름 불일폭포 주변에는 은꿩의다리가 무성히 피어 있었다. 불일폭포에는 는개와 아이들의 맑은 웃음소리와 예쁜 꽃송이가 어우러져 반짝거렸다. 내려오기 시작하여 국사암에 도착할 즈음 빗줄기가 굵어졌다. 다행히 아무도 젖지 않고 불일폭포를 다녀왔다. 집에 도착해서도 운해는 걷히지 않고 여전히 성제봉을 감싸고 있었다.

노고단 야생화

몇 주째 비가 내리고 있다.
이 마을에는 내리고 저 마을에는 햇살이 내리쬐며 매일 쉼 없이 비가 내리고 있다.

여름휴가를 받기 전, 방학하고 아르바이트를 위해 집으로 내려오지 않은 막내를 서울로 가 며칠 만나고 남은 기간엔 지리산 천왕봉 근처에서 산 사진을 찍으며 보낼 계획을 잡고 있었으나, 휴가가 시작되는 토요일과 끝나는 일요일만 비가 내리지 않고 매일 비가 내렸다. 막내를 만나고 내려와 산을 가기 위한 배낭을 꾸려놓고 밤과 새벽 매일 기다렸다. 금요일 새벽 두 시에서 세 시 사이 세차게 내리다가 약해지는 빗줄기를 보고 노고단을 향해 출발했다. 천왕봉이 아닌 노고단을 택한 건 오르다가 비를 만날지라도 한 시간 정도면 비를 피할 수 있다는 게 가장 큰 이유였다.

산으로 가는 길
평사리에서는 별이 반짝였고 19번 국도 악양면과 화계면 사이에는 비가 내렸는데 구례군 토지면과 성삼재 사이에는 비 한 방울 내리지 않고 바짝 말라 있었다.

산에는 안개와 나뿐이었다.
이 단순함이 나는 허무했다.

열여덟 살의 겨울, 달 밝은 밤이었다. 잠들지 못하여 내린 달빛 깊은 마당가에서 늙은 감나무를 바라보다가 달빛에 젖은 빈 가지······.
문득 맹독을 지닌 뱀의 이빨 같은 슬픔 하나 내 가슴에 콱 박혀 독을 품었다. 독은 심장에 자리 잡아 미세 혈관과 세포 하나하나에까지 침투하더니 마침내 영혼 깊숙이 똬리를 틀었다. 그것은 다스릴 수 없는 슬픔이었고, 고통이었고, 허무였다. 그것은 평생을 내 가슴 한쪽을 차지하고 앉아 끊임없이 나를 흔들었다.

안개 자욱한 노고단에서 숱한 날을 다독여 잠재우던 그 슬픔 하나가 고개를 살짝이 내
밀고 있었다.

안개
아무것도 뵈지 않는 그 안개 속에서
애초의 계획과는 달리 나는 피할 생각도 하지 못하고
내리는 비를 맞았다.

노고단 대피소 앞은 이미 많은 사람이 분주하게 움직이고 있었다.

노고단의 야생화
돌이켜보면 나는 꽃을 찍을 자격이 있었을까
나는 점점 꽃을 찍어내지 못했다.

안개 자욱하여 산은 전혀 보이지 않는데
내가 지리산 속에 있다는 증거는 어디에도 없는데,
노고단의 야생화는 지천으로 반짝이고 있었다.

처음부터 산행의 목적지는 노고단이었다.
이 새벽의 시간에 나는 꽃을 바라보는 것 외엔 할 일이 없었다.
모시잔대 한 포기를 찍는데 그 아름다움을 잡지 못해 꽃 아래 누워 한 시간 이상을 보냈다.

나는 부족하다.
꽃을 찍기에는 못내 부족하다.

가슴을 열고 가만히 들여다보면
내 어린 날 속엔 언제나 들꽃 한 송이 피어 있어
아이는 꽃 속에 앉아 세상을 지우고 있다.

여름의 헐벗은 산마루 뙤약볕 아래
오지 않는 개미를 기다리는 개미귀신과
나오지 않는 개미귀신을 기다리는 작은 아이 하나
산의 풍경처럼 내 어린 날 속에 자리하고 있다.

일요일 아들과 아내와 나 그렇게 셋이서 짜장면을 사 먹었다.

가을이 좋은 햇살 맑은 날에
누마루 위에 이 마음을 꺼내어 말리어 놓고
아득히 먼 산을 바라보고 싶다.

산 외로운 꿈, 노고단

산 외로운 꿈, 노고단
산은 일단의 사람을 적요 속에 묻고 아무런 말이 없다

남덕유를 오르고 싶었다.

나는 마흔 살 이전에는 지리산 외의 산은 올라본 적이 없었다. 열일곱 살의 늦가을 지리산에 처음 오른 후 내게는 지리산만 보였고, 지리산만 생각했다. 처음 지리산을 오르며 느낀 허무와 절망의 산색이 너무 깊었던 탓이었는지 모른다.

처음 지리산에 오르고 이십여 년이 흐른 후 비로소 다른 산에도 오르기 시작했다. 그러나 여전히 지리산은 첫사랑처럼 아련하고 또 아득했다. 남덕유를 오르고 싶었다. 몇 주째 남덕유를 오르고 싶었지만 계속 지리산만 올랐다. 집에서 한 시간 먼저 출발하면 남덕유요, 한 시간 늦게 출발하면 지리산이라고 생각했으나 어느 토요일 새벽 두 시에 일어나고

도 출발하지 않고 없는 이유를 만들어 버티다 지리산으로 갔으니 애초 시간은 상관없이 내 마음에는 지리산만 들어 있었던 것 같다.

남덕유를 오르고 싶었다.

그러나 생각과는 달리 나는 언제나 지리산만 선택했다.

어둠이 깊었다.

어느 해 12월 삼경에 노고단을 오르다 산돼지를 몇 번 만난 후 깊은 밤에는 노고단을 오르지 않았다. 만복대는 깊은 밤에 주저 없이 오르내리면서도 노고단은 산돼지에 대한 두려움 때문인지 오르기 쉽지 않았다. 비법정 탐방로 시비 관계로 해를 밝힐 수 없는 어느 해 여름 무룡산을 오른 후 하산 길을 만들어 내려오다가 산돼지를 봤다. 이십 미터 정도 앞을 지나갔는데 송아지보다 컸고, 가슴 부위가 몸길이보다 크고 두꺼웠으며 파괴력이 엄청나 보여 도무지 내가 상대할 수 있을 것 같지 않았다. 아니 상대가 아니라 맞닥뜨리면 살아남기 어려울 것 같았다. 그래도 산에는 나무가 많으니 나무에 의지해 피할 수 있고,

나무에 오를 수도 있으니 그나마 낫지만, 노고단 오르는 길은 넓은 도로와 같아 돼지가
달려들면 피할 곳이 없다.
보름달 아래서 돼지와 장시간 대치해 본 사람은 돼지에 대한 두려움을 알게 될 것이다.

노고단을 올랐다.
이미 많은 사람이 오른 산길을 따라…….

새벽 노고단을 올랐다.
많은 사람이 지난 뒤 다시 적요에 잠긴 산길을 걸어
어린 날의 고통에 스며들 듯 산을 올랐다.

산의 적요는 태곳적 그것과 다르지 않다.
쉰이 훨씬 넘어버린 사내의 미처 자라지 못한 *幼年* 유년을 흔들어
잠재우지 못하는 슬픔, 산은 사방 아득한 바다의 무인도였다.
나는 몸부림쳤으나 침잠했다.
산정을 맴돌아 오르는 바람을 맞으며 침잠했다.

나는 꿈을 꾸었다.
산이라는 외로운 꿈을 꾸었다.
꿈이었다, 나의 산은
이 세상에 존재하지 않는 꿈이었다.

나는 꿈을 꾸었다.
벗어날 수 없는 꿈을 꾸었다.

새벽 노고단을 올랐다.
산은 일단의 사람을 적요 속에 묻고 아무런 말이 없다.

– 시 노고단을 올랐다

　적요에 잠긴 새벽 길을 따라 노고단을 오르며 어디에도 존재하지 않는 삶을 생각했다. 나는 어디로도 향하지 못했고, 어디에도 머물지 못했다. 어쩌면 세상은 살만한 것이었는 지도 모른다. 그러나 세상을 살만하게 살기에 삶은 내게 너무 무거웠고 고통스러웠다.
　여름 산의 새벽에는 안개의 미립자 같은 서러움의 알갱이가 떠다니고 있었다. 그 작은 알갱이는 내 머리 위를 떠다니다 목덜미에 내려앉기도 하고 옷깃을 적시기도 했다. 노고단 산길을 오르며 언젠가 나는 나인지도 모르게 이 작은 알갱이들이 나를 삼킬지도 모른다는 생각을 했다. 언젠가 저 안개의 미립자처럼 작은 저 알갱이에 익사할지도 모른다.

　길 위의 고통은 내게 너무 익숙했고, 나는 잘 길들여져 있었다. 산은 내게 평화가 아니었고, 피안도 아니었다. 산은 내게 고통의 정점이었다. 나는 산이 그리웠고, 산이 되고 싶었다.

　노고단을 오르며 산이 되지 못한 나는 내 잃어버린 세상의 잃어버린 길을 생각했다.
　지금 노고단에는 여름 꽃이 가득히 피어 있다.

제 3 장
매 화 의 날 들

화엄사 홍매화

聞鐘聲 煩惱斷 智慧長 菩提生
離地獄 出三界 願成佛 度衆生
이 종소리 듣고
번뇌를 끊고 지혜와 깨달음을 얻어
지옥을 벗고 삼계 또한 벗어
원컨대
아아 원컨대…

종소리를 들었다.
그러나 번뇌는 끊어지지 않고 더욱 깊어
나를 저 아득한 심연으로 밀어 넣었다.

홍매화를 찍으러 간 비 내리는 오후 나는 저물어가는 화엄
사의 풍경 속에 서서 종소리를 들었다. 종소리는 비처럼 나를
적시다가 내 영혼을 지나 삼계(三界)를 지나 영원 속에 새겨
졌다. 아득히 아득히 다시 돌아가지 못하는 길을 슬퍼하듯,
어디에도 머물지 못하는 삶을 슬퍼하듯……
종소리를 들으며 나는 눈물 흘렸다. 가슴 깊은 곳에서 선혈
처럼 솟구치는 슬픔을 견디지 못하고 소리 내어 울지도 못하
며 눈물 흘렸다.

종소리를 들었다.
어이하여 스승께선 종소리를 들으면 번뇌가 끊어진다고 말
씀하셨는지 도무지 이해하지 못하게 깊고 고통스러운 종소리
를 들었다.

해마다 사진을 찍기 위해 반드시 가는 곳이 있다. 화엄사의 홍매화도 꼭 찍어야 하는, 찍기 위해 찾아가야 하는 곳 중의 한 곳이다. 찍을 수 있는 게 단 한 장면뿐일지라도 나는 일 년을 준비하며 기다린다. 사진을 찍을 수 있는 시간은 아주 짧다. 해가 뜨는 시간, 꽃잎이 햇살 속에 떠오르는 아주 짧은 시간뿐이다. 해가 뜨기 전에는 밋밋하고, 해가 뜬 후 시간이 조금만 지나면 햇살이 강해 꽃의 빛깔이 부자연스러워 억지 같다.

많은 사진작가는 맑은 날에 움직이고 맑은 날의 사진을 좋아하지만 나는 개인적으로 맑은 날에는 볼 수 없는, 특별한 풍경을 만들어 내는 안개 낀 날이나 비 내리는 날을 좋아한다. 지금은 기억하지도 못할 십 대였는지 이십 대가 막 시작되는 시기였는지 화엄사를 처음 찾아간 날에 많은 비가 내렸고, 그 비를 맞으며 운해에 휩싸인 화엄사의 산들을 바라본 탓이었는지 모른다.

산은 내 삶의 감옥이었다. 비 내리는 날의 산은 삼계를 휘돌아도 벗지 못할 감옥이었다. 그러나 스톡홀름 증후군을 앓는 사람처럼 나는 산을 그리워했다. 어느 한 시절, 삶을 극채색 허무로 수놓던 시절 나는 화엄사를 찾았고 화엄사에는 비가 내리고 있었다.

비
꽃과 세상과 가슴 깊숙한 그리움을 일깨우는 비
마침내 아득한 절망과 슬픔까지 일깨우는 비
때로 비를 맞으며 꽃을 바라보고 비를 맞으며 종소리를 듣는다.

나는 이 세상이 끝날 때까지 세상 밖의 존재가 되어 세상 밖의 길을 바라보며 살게 될지도 모른다.

화엄사 홍매화

꽃잎이 붉다 못해 검붉은 빛이라 화엄사 흑매화라 부르는 이도 있다. 삼월 이십팔 일부터 사월 십 일 정도까지 찍을 수 있다. 집에서 이곳까지 사십 분 정도밖에 걸리지 않아 한 해 적게는 한 번 많게는 다섯 번 이상을 찾는다. 비 오는 날, 흐린 날, 안개가 자욱한 날, 맑아 햇살이 고운 날….

화엄사에는 酉時유시가 되면 북을 두드린다. 저물어가는 산의 적막을 두드리는 북소리. 산의 적막을 타고 북소리는 세상 속으로 파고든다. 그리고 북소리의 여운이 끝나기 전에 종이 울린다. 종소리는 이 세상에 존재하지 않는 시간 속에 눌러 두었던 그리움과 고통을 일깨우며 울려 퍼진다.

화엄사의 종소리
세상 밖으로 걸어 나갈 마음의 준비가 되지 않았다면 차마 들을 수 없는 화엄사의 종소리
영원히 풀려날 수 없는 유배지의 풍경처럼
산처럼
비 오는 날의 산처럼

평사리 사계

평사리는 세상과 동떨어진 특수 공간이라는 생각을 때로 한다.

햇살이 내려앉고, 바람이 스쳐 가고, 구름이 머무는 아름다운 공간. 더 가끔은 사방을 둘러 운해의 벽을 세워 그 속을 새들이 날고, 꽃이 피어 사람의 마음조차 예쁘게 머물게 하는 공간. 태초의 세상은 흑암이나 혼돈이 아니라 아름다움이었는지 모른다. 고통과 절망이 아니라 순백의 평화였는지 모른다.

평사리

경상남도 하동군 악양면에 있는 육십만 평이 넘는 분지형의 들녘

지리산 남녘, 산과 바다 사이에 있는 거대한 호수 같은 들녘

악양면은 저 멀리 신석기시대부터 마을이 형성되었고, 예부터 거지가 들어와도 삼 년은 빌어먹을 수 있다는 말이 있을 정도로 토지가 비옥하며, 지금도 우리의 가슴에 이상향으로 남아 있는 靑鶴洞청학동의 비밀을 간직하고 있는 곳이다. 그중 평사리는 박경리의 소설 『토지』의 무대가 되었던 곳으로도 유명하다.

나는 1980년 1월 1일 처음 악양을 봤다. 전날 지리산 제석단에서 눈을 덮고 잠잔 후 세석을 지나 대성골로 하산하여 하동으로 가는 버스를 탔는데 그 버스가 악양을 지나갔다. 당시 악양은 지독한 산골 마을이었고, 그날로부터 십 년 후 나는 그 지독한 산골 마을의 지리산 자락에 깃들어 살게 되었다. 이미 지독한 산골 마을이 아닌 평화로운 산골 마을의 지리산 자락에 깃들어 살게 되면서 쇄빙선 한 척이 내 가슴으로 들어와 이십여 년을 아련한 그리움의 바다로 항해를 했다.

한동안 평사리를 찾지 않았다. 그동안 세상은 더러 흐렸고, 더러 맑았다. 별을 따라 바다로 갔다가 안개 짙어 아무것도 보지 못하고 자욱한 물소리만 듣던 날도 있었고, 비 내리는 하늘만 아득히 바라고 섰던 날도 있었다.

비 내리는 세상에 내려앉은 구름을 보며, 세상은 살아볼 만한 것이란 생각도 했었다. 별은 빛나진 않았으나 별처럼 아름다운 세상. 그러한 날에는 하늘과 구름과 바람을 지켜보며 잃어진 별을 생각했다. 삶은 영원회귀 같아 별을 잃은 날에는 구름의 바다가 넘쳐나고, 구름 잃는 날에는 한 줄기 바람, 평사리를 찾지 않은 날들에도 여전히 세상에는 별과 구름과 바람이 일었다 스러졌다.

달빛 짙은 날
들녘은 드넓은, 달빛의 바다와 같다.
자욱이 출렁이는 달빛을 가만히 바라고 섰으면
달빛은 어느새 나를 삼키고 세상을 삼킨다.

어느 날엔가 나는 달빛의 바다에 빠져 익사할지도 모른다.

이 질곡을 벗는 날
달빛을 헤쳐 갈 쇄빙선은 또 내게 마련되어 있을까.

봄 여름 가을 겨울 사계절 동안 날 맑은 날이면 여기서 별을 찍었다. 별과 하늘과 하늘빛에 대한 감각을 익히고 싶어서였다. 몇 해 동안 맑은 밤이면 별을 찍었다. 평사리는 내게 강을 건너기 위한 뗏목이었다.

평사리
희미한 길처럼 아련하게
닿지 못할 길처럼 아련하게
너무 멀어져 버린 옛길처럼 아련하게
하얀 꽃잎 같은 달빛이 부서져 내린다.

황매산

못 견디게 적막한 날 황매산은
가슴으로 더욱 깊이 파고들었다

풍경을 찍는 사진작가는 부지런하거나 미련하거나 둘 중 하나여야 한다.

이천 년대의 나는 부지런했으나 그로 인해 몇 번의 사고를 냈다. 졸음운전 탓이었다. 바위를 들이받기도 했고 반대편 차선을 가로질러 도로 밑으로 떨어지거나 바닷가 방호벽을 들이받고 폐차하기도 했다. 방호벽을 들이받지 않았다면 나는 지금쯤 바다 밑에 잠들어 있을 것이다.

이후 나는 졸음을 이길 자신은 없고 사진을 버릴 수도 없어 미련함을 선택했다. 찍어야 하는 곳이 먼 곳이면 전날 미리 촬영지에 가서 밤을 지새우는 쪽을 선택했다. 그러나 이 방법은 졸음으로 인한 교통사고 등의 확률은 줄어들지만, 서서히 건강을 갉아먹는 치명적인 단점이 있다. 한겨울의 절반 정도를 바닷가나 산정에서 밤을 지새워야 한다면 누구나 몇 년을 견디지 못하고 쓰러질 것이다. 언젠가의 내 상태처럼….

황매산은 경상남도 합천군 가회면·대병면과 산청군 차황면에 걸쳐 있는 산으로, 지리산 바래봉과 더불어 철쭉이 아름답기로 손꼽히는 곳이다. 2009년도 5월에 처음 이곳을 향해 새벽 시간을 달려 네 시에 도착해 산등성이에 올라 철쭉을 찍었으나 결과는 엉망이었다.

사람들은 그 사진을 보고 좋다는 진심 어린 말과 입에 발린 말을 하였으나 나는 오랫동안 그 사진의 오답을 찾지 못해 잘못된 사진을 가슴에 담고 살았다. 아직도 잘 모르겠다. 보고 있으면 뚜렷이 잘못된 것은 보이지 않으나 무언가 잘못된 것만은 분명한 사진 구도가 틀어진 사진 발색이 문제인 사진 내 어리석은 욕심의 무게를 다 담아내지 못한 사진. 나는 그 사진을 오랫동안 가슴에 담고 살았다. 나는 그 사진의 절망감을 극복하는 데 오년이 걸렸다. 그 오년 간 황매산 여러 곳을 다녔다. 그리고 황매산은 철쭉이 필 때보다 철쭉이 피지 않을 때 더 가슴 속으로 파고들었다.

산정의 별이 반짝이는 날
억새가 별빛에 하얗게 피어나는 날
억새꽃 위로 가을바람이 스쳐 가는 날
달빛이 가을 산 위로 부서져 내리는 날

홀로 바라보는 산이 적막한 날
못 견디게 적막한 날 황매산은 가슴으로 더욱 깊이 파고들었다.

인연이란 걸 생각한다.
 사람뿐만이 아니라 시절의, 자연의, 예기치 못한 상황과의….
 이 말이 혹은 이 의미가 옳다고만 생각하지 않는다. 이 모든 것을 인연이란 말로 다 감쌀
수 있을 것이라고도 생각하지 않는다. 그래도 이 모든 걸 포함하여 인연이란 걸 생각한다.
 나는 지리산을 천여 번 정도 올랐을 것이다.
 정확한 것은 아니고 오른 횟수가 중요한 것도 아니다. 십 대 때 사십여 회 오른 것까지는
기억하였으나 이후 오른 횟수를 더 기억하지 않았다. 그런데도 천여 번이라고 말하는 것
은 내가 지리산에 묻혀 살던 날과 천왕봉, 중봉에 앉아 있던 날 등을 하루 한 번으로 치
면 대강 천여 번이 나왔다.
 모든 걸 포함한 인연, 산의 인연을 생각한다. 지리산처럼 가슴 저리고 적막한 산.
 나는 때로, 오후 서너 시까지 전혀 황매산을 생각하지 않다가 어두워질 무렵 졸지에 황

매산정에 도달하곤 했다. 그리고 인연이란 걸 생각했다. 나는 무슨 인연으로 갑자기 이 황매산의 어둠 속에 서 있을까. 이러한 상황도 인연이란 범주 속에 포함할 수 있을까. 시절이라는 자연이라는 또 상황이라는…….

 오후가 되면 순간적으로 황매산의 억새를 생각하고 억새 위의 하늘을 생각하고 별을 생각한다. 그리고 달린다. 생각 전에 나는 달리고 있다. 저물어 가는 황매산에 서면 그때에야 내 정신을 현실로 돌아온다.

억새의 서걱거림과
능선을 넘나드는 가을바람
황매산의 어둠은 내 모든 사유를 달랬고, 때로 구속했다.
사유는 어둠에 갇혀 어디로도 향하지 못하고, 황매산을 넘어 저 우주 속으로 뻗어갔다.
황매산의 범람하는 사유 속에 이 마음을 극복하지 못하면 나는 결국 아무것도 아니다.

덫은 항시 마음에 있다.
이 마음을 극복하지 못하면 나는 결국 아무것도 아니다.
바람결일 수도, 폭풍일 수도 있는 마음
그러나
꽃일 수도 있는 마음
그 마음속으로
황매산의 꽃이 피어났다.

황매산의 꽃과 꽃다운 날과 꽃다운 사람
약속처럼 꽃은 피어 비와 안개 속에서 별처럼 반짝였다.
세상은 아름다울 것이다, 정녕…….

황매산 철쭉

1
어둠 속에서 새빨갛게 불붙는 꽃
오월을, 오월을 바라보는 마음을 불태우는 관능의 꽃
하늘 아래 별빛 내리는 산정에서 너를 그리는 꽃

2
별빛 내리는 산정에서
꽃잎 위에 이슬 자욱이 내리는 소리
꽃잎을 어루만지는 바람 소리

3

2009년도에 철쭉을 찍기 위해 처음 황매산을 올랐다. 그러나 나보다 키가 큰 꽃나무들은 콧대 높은 아가씨처럼 곁을 허락하지 않았다. 결국 눈부신 꽃자리에서 찍지 못하고 내가 내려볼 수 있는 자리에서 사진을 찍고 내려온 후 키 큰 꽃나무 높이에 맞는 삼단 사다리를 하나 사서 항시 차에 싣고 다녔다. 2014년도의 황매산 철쭉은 원만하고 눈부셨다. 그러나 그사이 꽃나무는 더욱 자라 이번에는 삼각대의 높이가 꽃나무에 미치지 못했다. 황매산은 늦어도 네 시쯤 자리를 잡아야 철쭉꽃잎 위로 솟아오르는 일출을 찍을 수 있어 삼각대가 없다면 사진을 찍지 못한다.

이후 나는 일미터짜리 각목 세 개와 고정 끈을 사다리와 더불어 차에 싣고 다녔다. 황매산에 서면 삼각대 다리에 각목을 덧대어 삼각대의 높이를 꽃나무에 맞출 생각이었다. 꽃나무 높이에 맞는 삼각대를 사려면 삼백만 원 정도가 있어야 가능했다. 2016년도에 오래 갖고 다니던 삼각대를 함양 상림의 연지에 연꽃을 찍으러 가서 두고 온 후 찾지 못해 그 이전에 사용하다 고장 나 방치해 두었던, 단종되어 수리가 안 된다는 삼각대를 갖고 다니며 사진을 찍었다. 삼각대 다리 높이를 조절하거나 고정하는 작은 부품을 잃어버려 제조사에 수리를 보냈더니 단종된 제품이라 부품이 없어 수리할 수 없다고 되돌려 보낸 것을 훗날 다른 못 쓰는 타사 제품의 부품을 뽑아 끼워 지금도 사용하고 있다.
오래되었다고 지금도 누군가는 사용 중인 제품을 수리가 안 된다고 돌려보낸 제조사의 무책임함. 그 뒤로 월간사진 잡지에서 그 제조사의 삼각대 광고를 볼 때마다 작은 부품을 갈아 끼우지 못해 수선할 수 없다고 고장인 채로 돌려보낸 그 무책임함을 떠올리곤 했다.

2017년도에 국내 제조사의 프로페셔널 4시리즈 높이 2.5m의 삼각대를 수입 제조사의 절반에도 못 미치는 가격에 사 각목을 덧대지 않고 황매산 어느 자리에서도 철쭉과 철쭉의 일출을 찍을 수 있게 되었다.

4

2017년도 황매산은 풍해라 할 만큼 바람 피해를 많이 입어 꽃 상태가 나빴다. 꽃이 피는 시기에 폭풍이 며칠간 불어 나뭇가지가 꺾이고 꽃잎은 폭격 맞은 듯 무너져 처참했다. 황

매산의 철쭉은 5년에 한 번 정도의 확률로 꽃 상태가
좋았고, 나머지 해에는 냉해나 풍해 등으로 꽃 상태가
정상이 아니었다.

　나는 구름 한 점 없이 맑고 고요한 온밤을 지새워 황매산의 철쭉과, 별과, 별이 흘러가는
길을 찍고 싶었다.

　5
　2018년 4월 마지막 날 황매산을 올랐다. 산청군 차황면으로 오르는 길, 황매산성을 향
해 올라가며 꽃이 피는 자리마다 꽃을 살폈다. 오월 일일 비가 내렸고, 안개가 자욱했다.
몇 미터 앞도 보이지 않았다. 그 자욱한 안개 속에서 분홍빛이 배어 나왔다. 안개가 짙어
더욱 사무치는 꽃 빛. 저무는 저녁 짙은 안개 속을 비가 내렸다. 오월 이일 아침부터 비가
내렸고 안개는 더욱더 짙었다.
　봄은 분홍빛이었다.
　영취산 진달래가 짙은 안개 속에 분홍빛으로 피더니 황매산은 더욱더 짙은 안개 속의 분
홍빛이었다. 나의 봄은 분홍빛으로 시작되어 분홍빛으로 끝이 났다.

분홍빛 봄, 내 삶의
분홍빛 봄 그 짙은 분홍빛 봄이 졌다.
사무치는 꽃 빛 내 가슴을 분홍으로
물들여 놓고 그렇게 봄은 갔다.

오월 사일 철쭉이 피는 날에 처음으로 날이 맑았다. 해 질 무렵 황매산에 올라 별을 찍기 위한 준비를 마쳤다. 그러나 산정은 차가웠고, 바람이 많이 불었다. 밤을 건너는 시간, 발이 시렸다. 별빛을 덮고 누워 하늘을 봤다. 별빛 아래서 꽃은 불꽃처럼 타올랐다. 잠들었던 관능을 일깨우듯 불꽃처럼 활활 타올랐다.

새벽 세 시경부터 많은 사진가가 산정을 향해 흡사 인해전술처럼 밀고 올라왔다. 한정된 공간의 한정된 자리에 사람들은 끝없이 밀고 올라왔다. 나는 철쭉의 일출을 찍고 미련 없이 돌아섰다. 꽃이 가장 아름답게 피어야 할 날에 기온이 갑자기 떨어져 벙그는 꽃도 맺힌 꽃도 그대로 멈추어 시들었다. 올해의 철쭉은 냉해를 입어 본래의 아름다움을 다 보여주지 못했다.

6
오래 기다렸던 황매산의 철쭉은 그렇게 졌다. 무언가 할 말은 있었을 것이다. 황매산의 철쭉도 봄도 나도 분명히 할 말이 있었을 것이다. 그러나 우리는 아무 말도 하지 않았다. 할 말이 무언지 생각하지도 않았다. 나는 봄을 깊이 안았고, 철쭉은 그 깊은 속살을 내게 보여주었다. 그리고 우리는 아무 말도 하지 않고 서로를 보냈다.

7
오월 십일일 다시 황매산을 올랐다. 이날은 오르지 않는 게 더 좋았을 것이다. 꽃이 진 자리, 슬픔만 가득히 고여 있었다. 뒤늦게 많은 사진가가 모여들었으나 그것은 폐허를 확인하는 절차였을 것이다.

황매산 철쭉

애초부터 너는 꽃이었지, 匿名익명하는 관능의 꽃
어디서부터였는지 어디까지인지 더욱
눈부신 너에게 가는 길은 철쭉의 날들이었다.

봄꽃보다 더 고운 지리산 연둣빛 새싹을 넘어
샤스타데이지 흰 꽃잎 자욱한 철로 연변에서 너는
몇 생을 살아도 그리운 추억처럼 피어 하늘거렸다.

노랑 어리연을 넘어 안갯속에 너만 넘치는
분홍의 꽃빛 오직 이 세상은 분홍의 꽃빛이었다.
황매산성과 황매평원을 지나 비와 안개를 지나
너에게 이르는 길은 오직 꽃뿐이었다.

하늘가 별빛 내리는 산정에 펼쳐 둔
분홍의 요, 새벽 이슬 덮고 잠에서 깨어
관능의 꽃이었지
비밀한 꽃길,
너에게 이르는 길은 새빨간 익명의 꽃잎

들녘 가득히

불갑사 꽃무릇

가을 – 바람이 짙다.

가슴속으로 불어 가는 가을바람이 짙다.

세상은 바람처럼 흘러가고 있다. 나는 함께 흘러가지 못하고 흘러가는 세상을 바라보고 있다.

꽃무릇 – 붉은 꽃잎의 바다

2008년 처음 이곳의 사진을 찍은 후 많은 세월이 흘렀다. 선연한 붉음은 한결같은데 내 마음은 철 지난 꽃처럼 시들고 있다. 언제 다시, 피는 꽃처럼 내 마음도 다시 피어날 수 있을까.

안개꽃을 좋아했다. 개별의 꽃송이가 아니라 수천의 꽃송이가 한 송이로 피어나는 그 꽃을 좋아했다. 살아 갈수록 가슴에는 안개가 자욱했으나, 꽃은 마음과는 달리 잔잔하고 선명했다. 그리고 언젠 가의 날에 수천의 꽃송이가 한 송이로 피어나는 걸 또 봤다. 가슴에 잔잔히 깔리던 안개꽃 과는 달리 거대했고, 충격이었다. 이슬비 내리던 날의 가을 하루는 오래 잊지 못할 것이다.

몇 년의 세월이 또 흘러 가을이 오고 이제는 충격이지 않게 받아들일 수 있는 꽃이 피었 다. 어느새 차가워진 날, 꽃으로 가는 150여 km 길의 막막함이여. 유년의 날에 처음 걸었 던 길의 막막함 이후, 길은 언제나 허무했고, 길은 허무함으로 가슴을 짓눌렀다.

불갑사 꽃무릇 – 꽃의 상태로 보아 9월 21일이 적기였을 것이다.

빨간 꽃잎 속에 스며든 검붉은 색과 그 색을 지나 시드는 꽃잎

꽃잎이 진다고 무너지지 않는 나는 돌아섰다.

붉은 꽃잎에 미련 없다는 듯이 나는 돌아섰다.

마음 두지 말아라. 이 지는 꽃잎에.

흘러가는 세상에.

꽃무릇을 찍을 수 있는 시간은 하루 한 시간 정도밖에 되지 않는다. 이른 새벽과 해가 뜬 이후의 시간은 꽃잎의 붉은색을 제대로 받쳐주지 못하는 까닭이다. 흐린 날 중에서도 엷게 비 내리는 날이 사진 찍기엔 가장 좋다. 가끔 돌아본다. 꽃을 사랑하는 것이 아니라 꽃을 기록하고 찍는 행위를 더 좋아하는 것이 아닐까. 이런 마음의 상태가 내 자신을 흐트러지게 하는 건 아닐까.

꽃잎 위로 가을 햇살이 내렸다. 숲에 고여있는 아침 햇살의 호수 속에 핀 꽃무릇. 햇살 속에 드러난 꽃무릇 붉은 꽃잎은 환상 같은 것일 뿐 사진으로는 존재하지 않는다. 햇살이 핀 이후의 꽃무릇 붉은빛은 사진으로는 표현되지 않는 색이다.

가능하다면 하계휴가를 미루어 이 시기에 받을 수 있다면, 9월 15일 경부터 22일까지 휴가를 받을 수 있다면 넉넉히 꽃무릇을 찍을 수 있을 것이다. 함양의 상림과 하동 쌍계사와 영광 불갑사, 함평 용천사, 고창 선운사를 다 찍을 수 있을 것이다. 그 시기에는 개비라도 내려준다면 비 내리는 시간 동안 넉넉히 찍을 수 있을 것이니 얼마나 고마울 일이랴.

보통의 경우, 꽃무릇을 촬영할 때에는 표준렌즈를 사용한다. 표준렌즈는 우리가 자연이나 꽃을 보는 시각과 가장 비슷한 영상을 제공하므로 자연스러운 작품이 만들어진다. 나는 이 날 표준과 망원, 어안렌즈를 사용하여 사진을 찍었다.

사진을 찍을 때는 삼각대와 릴리즈를 사용해야 한다. 움직이는 대상을 따라가며 찍는 경우에는 어쩔 수 없겠지만, 그 외의 경우는 되도록 삼각대와 릴리즈를 사용해 찍어야 한다. 아주 미세한 셔터의 누름일지라도 사진에 영향을 미칠 수 있기 때문이다.

내 삶은 버팀이었다. 나는 사진의 초보자이다. 이 배우고자 하는 마음을 지켜가지 못하면 나는 가능성이 없다. 더러, 즐기는 걸 이길 수 있는 건 아무것도 없다고 말하는 이도 있지만 나는 이 세상을 즐기면서 지켜가지 못한다. 즐기면서 살만한 세상은 내게 없었다. 나에겐 취미로의 세상도, 즐김으로의 세상도 없었다. 오직 버팀으로의 세상만 존재했다. 내 삶은 오직 절박한 버팀뿐이었다.

9월 25일의 새벽 3시 50분, 10분 후면 한 단체의 사람들이 불갑사로 꽃무릇을 찍으러 간다. 내게 같이 가자고 사전 연락했으나 며칠 전 다녀왔다는 말도, 지금쯤이면 거의 졌을 거라는 말도 하지 않고 다만 가지 않겠다고만 했다. 가서 꽃 상태를 보고 너무 살핌 없이 날짜를 잡은 것을 반성하고 보다 진지한 마음으로 꽃에 접근하길 바랐기 때문이다.

봄을 기다리는 꽃

아직 겨울빛을 다 벗지 못한 산속에 남아 햇살의 잔상을 그리고 있다.

나는 지나온 세월을 겨울 산빛에 취해 살았다. 그 짙은, 생명의 기미는 아무 것도 보이지 않는 어둠에 젖어 살았다. 꽃이 피고 있다. 겨울 산 위로 봄꽃이 피고 있다. 나는 아직 겨울빛을 다 벗지 못한 봄 산에 남아 햇살 속의 꽃을 그리워하고 있다.

삶은 꽃 필 수 있을까.

지난 그리움을,

지난 傷痕상흔을 덮고 삶은 꽃으로 피어날 수 있을까.

열여덟 살의 어느 봄날 창가에 앉아 바라보는 세상은 빛살처럼 흘렀고 나는 그 세월이 고통스러웠다. 그리고 삼십팔 년이 흐른, 지난 지금 내 머리 위에는 흐르지 못하는 세월이 고여 있다. 흐르지 못하는 세월은 생명의 아무런 징후도 없이 천천히 부패하고 있다. 부패하는 세월 속에 나도 함께 부패하고 있다. 내 마음이, 내 삶이……

나는 처음 카메라를 잡으면서 꽃과 새와 산을 찍고 싶었다. 그 마음 이후로 이십 년이 지나서야 꽃을 찾아 나섰다. 이천 년대 초의 어느 봄날 지리산 길을 걷다 분홍색 노루귀 한 송이를 우연히 본 이후 노루귀는 오랜 날 내 삶 속에 피어 흔들렸다. 봄이 되면 나는 노루귀를 만나고 싶어 몸살을 했다. 그러나 꽃이 피어있는 곳을 나는 알지 못해 어느 산에 피어있다 말을 들으면 짐승처럼 훑고 다녔다. 맑은 날도, 비 오는 날도 꽃이 피어 있을 날들 동안 배고픈 짐승처럼 찾아다녔다. 그리고 종내 육신이 견디지 못해 몸살을 앓으며 노루귀 피는 날을 보내곤 했다. 세상과, 세상 속의 모든 것과 잘 어울리지 못하는 내 성격 탓에 나는 꽃의 자리를 묻지 않았다. 사람들은 당시에도 지금에도 꽃이 피는 자리는 쉽게 남에게 알려주지 않는다. 꽃이 있는 자리를 알고 있는 것이 실력인 까닭이고, 꽃을 진정으로 사랑하는 사진작가는 꽃을 보호하고자 하는 보호 본능을 가지고 있어 꽃자리 훼손을 방지하고픈 탓에 꽃자리를 남에게 좀처럼 알려주지 않기 때문이기도 했다.

 그렇게 몇 해를 보내다 보니 조금 더 꽃의 자리로 다가서게 되었고, 어느 차갑고 맑은 날의 오후에 여수 금오산에서 처음 노루귀를 만났다. 나뭇잎 사이에, 돌 틈 사이에 한 송이 또는 두 송이 때로 우북하게 피어 있는 눈물 빛깔의 작은 꽃송이. 내 마음 깊이 흔들리던 작은 꽃송이……. 노루귀 피어 있는 산에는 능선에 부딪는 바람과 옅은 꽃잎의 흔들림과 적요뿐이었다. 아직 겨울바람이 다 스러지지 않은 날의 오후였다.

 지난겨울의 밤에 시계 초침 소리에 나는 잠들지 못했다. 얇게 잠들었다가 머릿속으로 파고드는 시계 초침 소리에 깨어 잠들지 못하고 어둠 속의 작은 소리를 들었다. 가지를 스치는 바람 소리 자욱이 스며드는 빗소리 때로는 적요의 소리...

예쁜 우리말 중에 꽃잠이란 말이 있다. 깊이 든 잠을 일컫기도 하고 신랑 신부의 첫날 함께 자는 잠을 일컫기도 한다. 오랫동안 잠을 자고 싶었다. 분홍 노루귀의 꽃잠 같은 예쁜 잠을…….

삶이란 봄을 기다리는 꽃처럼 눈물겹고
겨울을 견디어 낸 봄꽃처럼 애틋하다.

봄을 기다리는 꽃

때로 하얀 눈 속에 피어난 복수초를 본다. 눈 속에 피어난 바람꽃도 본다. 피어난 꽃잎 위로 눈이 내렸을 것이다. 삼월의 산에는 얼음이 다 녹지 않았으나 햇살 드는 양녘엔 하

얀 꽃잎이 피어난다. 처음 여수에서 노루
귀를 본 이후로 저 남녘의 거제에서부터
강원도 저 깊은 곳까지 꽃이 피는 날에
꽃을 찾아다녔다.

 사람은 꽃과 하나가 될 수 있을까. 진정
으로 자연과 하나가 될 수 있을까…. 꽃
을 바라면 꽃이 되고, 꽃을 바라면 자연
이 되는 하나.

 꽃은 얼마만큼의 큰 염원이었을까
 꽃이 피어나도록까지 얼마만큼의 염원
으로 기다렸을까
 산 같은 염원이 아니었을까
 삶은 얼마만큼의 염원이었을까
 이 삶을 가지도록 얼마만큼의 염원으로
기다렸을까
 산보다 큰 염원이 아니었을까

 나는 항시 믿는다. 뜻이 있으면 길은 어
디로나 있음을.
 나는 항시 믿는다. 염원을 결국 꽃으로
피어날 것임을.

화개동천 벚꽃길

花開洞天화개동천은 신선이 사는 항아리 속 별천지라는 의미로 화개마을을 그렇게 불렀다. 화개라는 지명유래담은 1996년 하동군지편찬위원회에서 발간한 「하동군지」에 실려 있는데 그 내용은 다음과 같다. 의상대사의 제자인 삼법화상이 육조 혜능대사의 정상(머리)을 중국에서 모셔 와 12월 지리산 아래 눈 쌓인 계곡의 칡꽃이 핀 자리에 묻어 화개라고 하였다는 것이다.

쌍계사 금당은 우리나라에서 유일하게 법당 안에 부처님 대신 탑을 모신 곳으로 탑 속에는 육조 혜능조사의 정상이 있다. 동천은, 신선이 머무는 하늘과 닿아 있는 곳이란 뜻이다.

　하동군 화개면 범왕리 계곡의 커다란 바위에 洗耳巖세이암이란 세 글자가 새겨져 있다. 고운 최치원 선생께서 이 세상을 벗으실 적에 귀를 씻고 속세를 등졌다는 곳이다.

　나는 1980년 1월 1일 지리산 장터목에서 대성골로 하산 후 쌍계사까지 걸어 내려와 완행 버스를 타고 하동으로 내려오면서 세이암 바위 앞을 지났고, 쌍계사 십 리 벚꽃터널과 하동벚꽃 사십 리 길을 지났다.

　아주 어린 날, 나는 하동이란 말을 들으면 가슴이 저려왔다. 하동에서 나는 많은 것을 버려야 할지 모른다는 생각을 막연히 했었고, 그런 생각을 할 때마다 가슴이 저려왔다.

　1990년 4월, 하동으로 이주를 했다. 하동벚꽃 사십 리 길 하얀 벚꽃 위로 비 내리는데 세상은 빗속에 까무룩히 잠겨 들고 있었다. 그 빗속에, 하얗게 핀 벚꽃이 하얗게 지고 있었다. 하동으로 내려온 이후 많은 시간 세이암을 바라보며 귀를 씻고 싶었다. 선생께서 귀를 씻고 돌아서신 그 길을 오랜 날 그리워했다.

하동벚꽃 사십 리
그 길에 눈물로 아롱지던 꽃
소중했던 분을 가슴에 묻던 날 꽃잎은 새하얗게
온 세상을 수놓으며 비처럼 내렸다. 어느 날엔가 꽃이 피었고,
어느 날엔가 비가 내렸다. 그 어느 날 속으로 꽃이 졌다.
마음속으로, 마음속으로 꽃이 졌다.

오랜 세월, 꽃비 내리는 날은 남모를 눈물을 흘렸다. 내리던 비속에 꽃잎 지던 그날처럼,
고스란히 되살아나는 지난날의 고통을 견디지 못해 눈물을 흘렸다.

오랜 날이 지났다. 꽃이 피던 날도, 꽃이 지던 날도 함께 지났다.
어느 날엔 잊었고, 어느 날엔 잊은 줄 알았다.
비 내리는 날은 잊었던 기억 속으로 꽃이 피고, 잊었던 기억 속으로 꽃이 진다.

벚꽃
피면서 지는 꽃
하얗게 피어 하얗게 지는 꽃
하얀 꽃비 되어 쏟아지는 꽃
바라보면 수십 년 지난 일이
어제 일처럼 떠오르는 꽃

꽃나무를 보고 섰으면
쏟아지는 하얀 꽃잎을 가만히 보고 섰으면
아 삶이란 얼마나 쓸쓸하고 안타까운 것인가

나는 벚꽃에 얽힌 슬픔을 극복하는데 20년이 걸렸다. 살다 보면 때로 상처는 꽃이 된다.
그러나 이 세상의 꽃이 내가 돌아갈 길이 아니다. 꽃은 어쩌면 내 슬픔의 가장 깊은 곳에
서 솟는 눈물 같은 것이다. 꽃을 사랑할수록 슬픔은 더욱 깊어간다는 것을 나는 알지 못
했다.

옛날 이 길을, 한 님이 계시어 가셨다
님은 어느 바위 아래 앉아

하늘을 바라다 세상을 지웠다
그리고 세상은 변함없었다.

나는 세상을 비우지 못했다
세상은 내 가슴에 내 눈가에
떨치지 못한, 그러나 끝내 떨쳐야 할
새벽잠처럼 남아있다.

설중복수초

 눈 속에 핀 꽃은 내게 꿈이었다. 십 년에 한 번 정도 눈 내려 쌓이는 남녘에서 눈 속의 꽃은 꿈속에 그리는 대상이지 현실의 일은 아니었다. 그러나 나는 꿈속의 꿈으로 끝내지 못하고 현실의 것으로 만들고 싶었다. 많은 날이 흘렀고 그리움은 점점 깊어갔다. 몇 해 적설량을 살폈다. 서해 쪽에서 내리기 시작한 눈은 순천에서 멈추는 것을 여러 번 지켜봤다. 눈 속의 꽃을 찍으려면 순천이 한계선이었다.

 나는 어린 시절 보물찾기에서 단 한 번도 보물을 찾아본 적이 없다. 처음 노루귀를 찾을 때도 찾기 시작한 후 몇 년이 걸렸다. 꽃이 필 시기가 되면 한 주 휴가를 내고 앞뒤 휴일을 합쳐 열흘 정도를 노루귀가 있다는 산을 찾아 헤맸으나 비에 젖어 몸살을 하면서도 끝내 찾지 못해 노루귀를 찍도록까지 삼 년이 더 걸렸다.

절실해졌다. 처음 눈 속의 꽃을 찍고 싶다고 마음먹은 후로 삼 년이 아니라 삼십 년이 걸려도 꼭 찾고 싶을 정도로 점점 절실해졌다. 꽃을 봐야겠다고 생각하면서 꽃 이외의 것을 생각하지 않았다.

2017년 1월 20일 금요일 새벽에 눈 내린다는 일기예보가 있었고 천우신조처럼 순천 어느 산에 복수초가 피더라는 말을 들었다. 찾지 못할지라도 가야 했다. 가지 않고 어렵다고 포기하는 것은 도저히 나 자신을 용서하지 못할 일이었다.

순천의 병풍산이라고 했다. 목요일 오후 산길의 끝까지 달렸다. 그러나 꽃은, 꽃의 흔적은 어디에도 보이지 않았다. 꽃이 있는 장소를 알지 못하면 한 번 잡은 길은 포기하지 못한다. 조금만 더 가면 있을지도 모른다는 생각이 돌아서지 못하게 만든다. 그래서 한 번 방향을 정하면 포기하지 못하고 한계까지 갔다가 돌아서곤 했다. 산의 한 면을 다 헤매고 흔적을 찾지 못해 다시 산 아래로 내려가 다른 길을 찾았다. 꽃이 피는 시기인지, 꽃자리가 맞는지 어떤 확신도 없으나 내일 눈이 내린다는데 멈출 수 없었다. 전라도 전체라는 광범위한 구역이 아니고, 순천이란 한 도시 전체를 찾는 것도 아니고, 높지 않은 산 하나를 찾는 일이었다.

꽃이 피기에는 이른 시기였다. 산 한 면에서 핀 꽃 다섯 송이, 맺힌 꽃 다섯 송이를 찾았다. 처음 올랐던 산과는 정반대 방향의 산이었다. 꽃이 피는 자리라면 사람들 발길의 흔적이 있을 것이고, 그 흔적만 찾으면 되는 일이었다. 나는 젊은 날 산에서 산 적이 있어 산을 찾는 데는 어느 정도 특화되어 있었다.

눈이 내렸다.
혹한의 날에서 꽃 피는 날까지
세상의 모든 경계까지
마음에 내리던 눈이 복수초의 세상까지 내렸다.
그러나 꽃으로 가는 길은 꽃 같은 마음이 아니면 다가서지 말라는 듯 고개를 넘어가는
찻길은 온통 눈으로 쌓여 미끄러지고 있었다. 산봉우리에서 다른 산봉우리로 줄을 타고
건너는 어름사니의 마음으로 건넌 길 너머로 복수초의 노란 꿈이 시작되었다.

눈이 내렸다.
복수초 노란 숨결 위에
산골짜기 숨은 산길 위에
세상에는 눈만 있는 듯 나도 눈이 되어 내렸다. 아무도 없는 산속에 눈이 되어 내렸다.
아무도 없는 산속에 나는 하얗게 눈이 되어 쌓였다.

며칠 전에 본 자리였다면 찾지 못했을 것이다. 어제 본 자리 주위를 파헤쳐 꽃을 드러내
놓고 다시 눈이 쌓이길 기다렸다. 나도 꽃처럼 눈 속에 다시 피어났다.

천마산

사람도 꽃이 되는 날들. 때로 사람도 꽃처럼 아름답다.

너도바람꽃을 찍기 위해 경기도 남양주에 있는 천마산을 이 주 연속 올랐다. 겨울빛이 가득한 산의 햇살 고운 곳에 피어 있을 꽃. 3월 7일에 수리산에 올라 변산바람꽃을 몇 송이 찍고 내려온 후 3월 14일에 오른 천마산은 들머리를 잘못 선택하여 꽃에 이르는 길조차 찾지 못하고 날이 저물어 하동으로 돌아왔다.

20일 새벽, 몇 자리 없는 주차 공간을 확보하기 위해 이른 시간에 도착해서 볕이 들 시간까지 산 아래에서 기다렸다. 몇 시간이 흘렀고, 몇 사람이 앞질러 지나간 다음 계곡 속으로 빛이 스며들었다.

우리는 흔히 예술이라거나 예술가라는 말을 한다. 그러나 나는 아직 그 뜻을 명확하게 정의할 수가 없다. 사진을 찍으면, 글을 쓰면 그렇게 말할 수 있을까. 어떤 행위, 어떤 마음가짐이 그 말을 자연스럽게 사용할 수 있도록 할까. 예술이란 이 세상에 진정 존재하는 것일까.

계곡으로 햇살이 스며드는 시간에 맞춰 많은 사진가가 천마산에 올라와 작은 꽃들과 눈 맞추었다. 사람도 꽃이 되는 날들. 때로 사람도 꽃처럼 아름답다.

너도 바람꽃

계곡을 따라 오르는 산길 곳곳에 핀 하얀 꽃송이. 작고 하얀 눈물 빛깔의 꽃송이. 바람과 비와 적요와 어둠과 쓸쓸함을 담고 핀 눈물 빛깔의 작은 꽃송이.

혹독한 날들을 그 작은 뿌리는 어떻게 견디어 냈는지 나는 모른다. 아직 겨울을 다 떨치지 못한 천마산 기슭에서 애틋하게 피어난 작은 꽃송이.

아직 천마산의 야생화가 피기에는 일러 산이 깊어갈수록 사람도, 꽃도 줄어들었다. 그러나 혹시 피었을지도 모를 노루귀 때문에 돌아서지 못했다. 내 사는 곳에서 천마산까지 350km. 예상 소요 시간 다섯 시간. 이 주 연속 찾은 시간이 더 아까웠는지 모른다.

높이 812m. 그다지 높지도, 거친 산길도 아니었지만, 산을 가벼이 여기고 아침을 먹지 않고 오른 대가를 나는 이날 혹독히 치렀다. 이날 따라 비상식량을 하나도 지참하지 않아 더군다나 그랬다. 겨울을 다 벗지 못한 산이니 정상적인 판단이었다면 해발 500m 정도에서 돌아서야 했으나 혹시 피었을지도 모른다는 미련이 돌아서지 못하게 했다. 계곡 곳곳을 덮고 있는 거대한 얼음덩이는 계절에 동화되지 못하고, 묘한 이질감을 느끼게 했다.

너도바람꽃

나뭇잎 사이에, 돌 틈 사이에, 때로는 물가에 우북하게 핀 눈물 빛깔의 작은 꽃송이. 내 마음 깊이 여리게 흔들리는 작은 꽃송이.

최선이었을까. 나는 언제나 고통스럽다. 사진을 못 찍는 것보다 최선을 다하지 못함이 고통스럽다. 돌아오면 언제나 그 점이 나를 괴롭힌다. 최선을 다하고 잘 찍지 못하는 것은 언젠가는 극복할 가능성이 있지만, 잘 찍지 못하면서 최선을 다하지 않으면 부족함을 극복할 가능성이 없다.

많은 날이 지났다.
그 사이 매화가 지났고, 산수유가 지났고, 화엄사 홍매화가 지나고, 벚꽃이 지나고 있다.
그러나 나는 아직 천마산을 지우지 못하고 가슴 속에 꽃피워 두고 있다.

작은 꽃송이.
눈물 빛깔의 작은 꽃송이.

물오르고 꽃이 피고
작은 잎새가 돋는 물오름달에

매화의 날들

나는 돌아가고 싶었으나
돌아가지 못했다.

섬진강가를 지나다
매화꽃을 보았다. 나는 가는 길을 잊고
꽃을 찍다가 결국 그 길을 가지 못했다.

때로 삶이란 봄날의 꿈과 같다.
꽃을 찍다가 놓쳐버린 길과 같다.

나는 돌아가고 싶었으나
돌아가지 못했다.

이 하루가 꿈이길 바랐다.
삼국유사 속 조신의 꿈이길 바랐다.
깨어나면 책에 기대어 잠든 나이길 바랐다.
참으로 오랜 봄꿈이었다고, 다시는 꾸고 싶지 않는
꿈이었다고 그렇게 깨어나고 싶었다.

어디를 가는 길이었는지 모른다.
섬진강가에 핀 매화를 보고 사진을 찍다가
나는 내 길을 가지 못했다.

하루의 길은 평생의 길과 같아
나는 하루의 길을 잃듯 평생의 길을 잃었다.

젊은 날 나는 세상 밖의 길을 걸었으나 그 길을 다 가지 못하고 마음속에 숨겨두고 살았
다. 나는 지금 세상 안의 길을 바라보고 있으나 깊이 들어가지 못하고 항시 길의 언저리에

서 헤매고 있다. 고통스러웠다. 아 나는 올해도 이렇게 실패하고 있구나…….

산다는 건 길을 간다는 것이다. 길을 간다는 건 자랑이 아니고 내세울 가치는 더욱 아닌 살아 있다는 몸짓일뿐이다. 길은 먼데 나는 길의 언저리에서 헤매고 있다.

지난 가을이 그러했듯, 지난여름의 더위가 그토록 심했어도 가을이 돌아왔듯 추위가 아무리 혹독해도 봄은 어김없이 찾아올 것이다. 복수초로 시작하여 변산바람꽃, 노루귀가 피고 남녘의 섬진강가로 하얗게 매화꽃이 피어날 것이다. 나는 지난 해 봄날의 매화를 아득히 바라보기만 했다. 육신의 사소한 병을 앓은 후 병마보다 훨씬 깊은 심마에 시달리며 그 무엇에도 마음을 두지 못하고 아득히 바라보기만 했다. 그리고 어렵게 마음을 회복하고 보니 이미 계절이 깊어 있었다. 나는 그렇게 소중한 봄 한철을 잃었다.

삼월을 예쁜 우리말로 물오름달이라고도 하는데 물오름달에 가만히 지켜보면 산에 나무에 물이 오르는 것을 볼 수 있다. 물이 오르고 꽃이 피고 작은 잎새가 조금씩 돋는 걸 볼 수 있다. 복수초와 바람꽃, 노루귀가 봄을 마중하는 꽃이라면 본격적인 봄은 매화로부터 시작될 것이다. 남해군 미조면에서 시작하는 19번 국도가 하동군의 섬진강을 따라 지나는데 그 19번 국도와 섬진강가로

삼월이면 매화가 핀다.
멀리서 보면 온 산하에 눈 내린 듯 하얗게 핀다.

그중 대표적인 곳이 홍쌍리 여사의 청매실농원으로 농원은 광양군 다압면에, 섬진강을 굽어보는 곳에 자리 잡고 있다. 삼월 중순이면 오만 평의 농원에서 십만 그루의 매실나무가 일시에 꽃을 피운다. 생각해 보라. 몇십 리 길가에 오직 하얗게 뒤덮이는 매화는 생각만으로도 얼마나 아름다울 것인지, 진실로 장관이 아닐 것인지….

몇몇 유명한 관광지를 낀 도시나 유서 깊은 곳에서는 매년 촬영대회를 갖는다. 광양시에서는 청매실농원에서 해마다 매화촬영대회를 여는데 2018년도에 개최한다면 열아홉 번

째가 된다. 나는 2007년도에 한 번 참가한 후 다시 참가하지 않았지만 2017년도를 제외하고 매년 꽃이 피는 시기에 오, 육회 씩 사진을 찍으러 다녔다. 그러나 나의 사진은 항시 부족했다. 앞으로 내 살아온 세월만큼 더 찍으러 다닐지라도 그 부족함을 채우지 못할 것 같다. 하지만 이제 내게 얼마만큼의 시간이 남았을까.

어느 해 겨울에 바닷가에서 밤을 지새우며 사진을 찍다가 문득 한 생각을 했다. 이 세상에 나 혼자 남게 된다면 그때도 나는 지금처럼 열심히 사진을 찍고 글을 쓸 수 있을까. 며칠 그 생각에 잠겼고, 결론은 혼자 남을지라도 열심히 사진을 찍고 글을 쓸 거라는 생각을 했다.

누군가 내일 지구의 종말이 온다면 오늘 한 그루의 사과나무를 심겠다는 말을 했다.

나는 내일 내 목숨이 다 한다면 오늘 우리 집 꽃산을 다듬을 것이다. 새벽 세 시에 일어나 다섯 시까지 선을 행하고 다섯 시부터 열 시까지 우리 집 야생화 동산의 꽃과 나무를 가꾸고 낮 시간에 사진을 찍고 하루의 글을 쓰고 그리운 이들과 함께 저녁을 먹으며 하루가 아름다웠다고 이야기 하고 아홉 시부터 열한 시까지 책을 보다 잠자리에 들 것이다. 내일도 오늘과 똑 같이 아름다울 거라고……

제 4 장
비 오 는 날

북천 코스모스 들녘

이제 잠재워도 좋을 가슴속 바람은
가을바람보다 더 짙게 불고 있다

저물어가는 시간
코스모스 꽃잎 위로 고이는 햇살
긴 강물처럼
계절에서 계절로 흘러가는 햇살의 줄기

가을 앞에 서면 이 막막한 거리
나와 꽃잎의 거리 나와 계절의 거리
너무 먼 사람과 사람의 거리

가을비가 내리면
꽃이 지겠다 내리는 비에
온통 꽃이 지겠다.

하동에서 진주로 가는 2번 국도 중간쯤에 북천이란 아름다운 마을이 있고, 북천 못미처 황토재라는 고개가 있다. 구불구불 산길을 넘는 긴 고갯길로 지금은 산 밑으로 터널을 뚫는 공사 중이라 머잖아 전설이 될 곳이다. 새벽에 꽃을 만나기 위해 그 고갯길을 넘는데 북천에 운해가 자욱이 깔려있다. 꽃을 찍기 위해 찾아가는 길에 바라본 운해. 운해는 마음 저 깊은 곳의 슬픔처럼 짙고 깊다.

길은 끝이 없다. 이 세상을 살다간 사람, 살아가는 모든 사람은 길의 끝에 닿지 못한다.

언제부터였을까. 사진에 대해 생각했다. 익혀가는 사진과 완성된 사진에 대해 생각했다. 완성된 사진이란 없겠지만, 모든 사진은 완성으로 향해가는 것이겠지만 완성된 사진에 대해서도 생각했다. 완성된 사진은 아닐지라도 하나의 사진을 얻고자 한다면 적어도 십 년 동안 하나의 피사체를 찍어야 한다. 그 정도는 찍어야 하나의 사진을 얻을 수 있지 않을까.

그동안 나는, 내 사진은 얼마나 부족했을까. 나는 대부분의 사진을 십 년 이상 찍었다. 그리고 몇 해 전부터 사진의 부족함을 생각했다. 하나의 사진이 가져야 하는 생명력의 부족함을 느꼈다. 완성된 사진을 생각한다는 것 자체가 어리석은 일이었을 것이다. 모든 길은 그 끝을 향해 가지만 누구도 닿지 못한다. 다만 그 끝을 향해 가는 것뿐이다.

북천 코스모스 축제장은 북천면 소재지 인근 농지 대부분에 코스모스와 메밀을 심어 광활한 지역을 꽃밭으로 가꾸었다.

살살이꽃
바람에 흔들리는 모양을 보고 붙였다는 이름
코스모스라는 이름에 밀려 지금은 거의 쓰이지 않는 이름
너무 예뻐 신이 이 세상에 처음 만들었다는 꽃의 이름

 모든 사진이 그렇지만 꽃 사진은 새벽에 찍어야 한다. 해가 뜨면 빛이 강해 꽃잎이 햇살을 반아내지 못하고 색이 왜곡되는 까닭이다. 그리고 때로 새벽이면 안개가 짙어 아주 절묘한 배경을 만들어 준다. 나는 가끔 하늘도 감동할 노력이란 걸 생각했었다. 그렇게 노력하면 차마 얻지 못할 풍경도 만날 수 있을 거라고 생각했다. 그러나 그러한 생각 또한 나의 오만이었을 것이다.

가을편지

비 내리는 날
가을은 내게 형벌이고 축복이었다.
나의 온 삶은 형벌이고 축복이었다.

이제 잠재워도 좋을 가슴속 바람은
가을바람보다 더 짙게 불고 있다.

가을비가 짙게 내리는 날
나는 가슴속 바람을 잠재우지 못하고
떠나지도, 머물지도 못하는 세상의 먼 길을 찾아 돌았다.

이 가을엔
어디인지 먼 곳에 긴 편지를 쓰고 싶다.
가을바람에 실어 보낼 긴 편지
너에게 가 닿지 못할 긴 편지
가슴속에서만 맴돌다 잊힐 긴 편지를….

나는 길을 갈 뿐이다.
풍경을 만나고 못 만나고는 나의 뜻이 아니다.
나는 다만 길을 갈 뿐이다.

꿩의 눈물

저무는 날의 저무는 시간을 생각한다. 그 저무는 시간 속의 어떤 절박함을 생각한다. 생명 있는 모든 것은 저무는 시간이 항시 절박한 것인지 모른다. 우리 집은 산속에 있다. 앞쪽만 산으로 올라오는 길과 연결되어 있고, 나머지 삼면은 산이다. 집과 붙어 있는 밭도 두 해만 손보지 않으면 산과 밭의 경계가 없어져 산이 된다.

하루 밭을 다듬으면서, 산속을 종종걸음으로 뛰어다니는 꿩을 보았다. 하루에도 몇 차례 꿩의 울음소리를 듣고, 며칠에 한 번씩 꿩과 마주친다. 그리고 며칠에 한 번씩 꿩의 뽑힌 깃털을 본다. 집주변의 수리부엉이에게 잡힌 꿩의 흔적일 것이다.

꿩의 비명을 들었다. 모든 생명의 비명에는 말로 다 표현 못 할 절박함이 있다. 밭을 다듬다 말고 소리 나는 곳을 쳐다보면서 '또 무언가에 사냥당하는 꿩이 있구나.' 무시하려 했으나 꿩의 몸부림은 길게 이어졌고, 비명은 계속 자리를 이동했다. 무언가에 물려가거나 끌려가는 중이었을 것이다. 그 비명을 더 듣기 어려워 꿩이 있는 곳으로 달려갔으나 내가 달려가는 속도보다 더 빨리 꿩의 비명은 자리를 옮겼고, 잦아들었다.

며칠 꿩의 몸부림을 생각했다. 오래전 스스로 죽음을 맞은 어떤 꿩의 기억과 함께.

지금도 그 자리를 지나게 되면 그때의 일을 생각한다.
꿩은 무슨 마음이었을까. 어떻게 그 두려운 시간을 견뎠을까.

그 일은 십여 년 전에 전혀 예상하지 못한 채 순간적으로 일어났고, 나는 잊지 못하고 오래 가슴에 묻고 있었다. 당시에 나는 지리 산골 집에서 꽤 많은 면적의 산과 밭을 일구며 살았다. 직장과 농사일 두 가지 일을 병행하기에는 시간이 늘 부족해 다른 걸 살필 겨를 없이 자투리 시간에도 농사일에 전념했다.

가을이었다. 지금은 그렇지 않지만, 당시에는 산 대부분에 밤나무를 심어 밤농사도 지었었다. 완행버스도 하루에 몇 차례 들지 않는 산골 마을에 지을 수 있는 농사의 종류는 많

지 않았다. 특히 우리 집처럼 도로에서 내려 산으로 한참을 걸어 들어가야 하는 곳은 더
했다. 가을에 산의 풀을 깨끗하게 베어내야 밤을 수확할 수 있고, 다음 해 거름 작업을
할 수 있다.

시월 초 어느 일요일 오후에 그 일은 일어났다. 십여 년이 지나도 그 자리를 볼 때마다 떠
오르는 일. 생기지 않았다면 좋았을 일. 가슴에 남아 지워지지 않는 일. 하나였다면 어쩌
면 문제가 아닐 수도 있었으나 함께였으므로 차마 가슴 아픈 일……

 해마다 가을이면 예취기로 산의 풀을 벴다. 한 해만 경작하지 않으면 산처럼 변해버리는
밭의 풀도 때로 예취기로 벴다. 산과 밭의 경계쯤에 우북이 자란 수풀 더미가 있었다. 다
른 곳에 비해 유독 수풀이 우거져있었다. 그 주변은 바위가 많아 조심하지만 해마다 예취
기는 바위를 쳐 날이 휘어지거나 부러지며 날카로운 금속성 굉음을 일으키곤 했다. 예취
기는 엔진의 힘으로 날을 돌려 풀을 베는 것이라 고출력 엔진 소리만으로도 주위의 모든
소리를 삼킬 만큼 시끄럽다. 하물며 바위를 치는 소리임에랴.

바위 지대의 풀을 모두 베고 우북한 수풀 더미가 있는 곳에서 엔진의 출력을 높였다. 바위 지대에서의 조심스럽던 마음이 그곳을 지나면서 거침없이 자르고 싶은 마음이 들었을 것이다. 그 순간이었다.

예취기가 지나는 수풀의 어느 자리에 이상한 느낌의 베임이 있었다. 무언가를 섬벅 벤 듯했으나, 그것은 바위도 아니고, 나무나 수풀도 아니고, 흙을 치고 지난 것도 아닌 아주 낯선 이상한 느낌이었다. 아무래도 이상하여 예취기를 끄고 수풀을 헤쳐 보았더니 몸통의 절반 정도가 잘린 까투리 한 마리가 아주 연약한 울음소리를 내며 죽어가고 있었다. 눈부신 가을 햇살 아래 검붉은 피를 흘리며 죽어가는 까투리의 품속에는 아직 부화하지 않은 알 몇 개가 놓여 있었다.

꿩은 오래전부터 예취기의 시끄러운 소리를 들었을 것이다. 이어 바위를 치는 날카로운 소리와 순간순간 자신의 몸 곁을 스치는 예취기의 날을 보았을 것이고 무서웠을 것이다. 그러나 피하지 않고, 자신의 새끼와 함께 죽음을 택했다.

꿩은 그렇게 죽었다. 피할 수 있었으나 피하지 않은 꿩의 모정. 나는 반 넘어 잘린 꿩의 몸을 들고 한참을 서 있었다. 그리고 많은 시간이 흐른 후에 햇살이 잘 드는 한적한 곳에 죽음으로 지키고자 했던 알과 함께 묻어주었다.

많은 날이 지났다. 지금도 그 자리를 지나게 되면 꿩을 생각한다. 가슴을 짓누르는, 결코 내려놓을 수 없는 그 기억. 나였다면 꿩 같은 선택을 할 수 있었을까…….

꿩의 눈물

가을이 눈부신 날에
햇살 잘 드는 양녘의 숲 수풀 우묵한 곳에
알을 품고 부화를 기다리던 어미 꿩 한 마리
나는 차마 볼 수 없었네
밤산을 깎는 예취기의 칼날 아래에서
버리지 못할 자식 죽음으로 지키던 어미의 눈물
썸벅 베어버려, 반쯤 잘려버린 어미의 몸
가늘게 울면서도 알을 벗어나지 않았네
황망한 나는 가늘게 떠는
그 몸을 안고 머리를 쓰다듬었네
나는 그때 보았네
새끼의 앞날을 슬퍼하는 어미의 눈물을
나는 눈물 흘리며 햇살 바른 곳에 함께 묻었네
어미와 차마 두고 떠나지 못하는 새끼들과 그 눈물을
함께 묻었네

몇 번의 가을이 다시 흘러도 나는
그 자리 지날 때마다 어미의 눈물을 생각하네
햇살 잘 드는 가을 산속에 함께 묻힌
어미의 눈물 나는 잊지 못하네

아기염소의 죽음

오래전의 일이다. 그 아이를 잃은 것은…….

운명은 내 알지 못할 곳으로 돌아 이곳 지리산으로 내려온 것이 1990년이었다. 직후 난, 거친 곳이니까 광활하다는 표현이 적절한지는 잘 모르겠지만 온통 산뿐인 곳에서 염소를 두 마리 샀을 것이다. 워낙 오래전의 일이어서 굳이 기억이 흐린 관계로 샀을 것이란 표현을 썼다.

염소는 번식력이 뛰어나고 생명력이 강해 오래지 않아 나의 염소 식구는 십여 마리가 넘었다. 여름이었을 것이다. 그 아기 염소가 내어난 것은…. 아기 염소는 같이 태어난 다른 염소에 비해 그다지 억척스럽지 못해 엄마 염소의 젖을 얻어먹지 못했다.

보다 못한 나는 그 아기염소를 항시 안고 우유병으로 젖을 먹였다. 짐승은 처음 본 것을 엄마로 안다던가. 그 새카맣고 귀여운 아기 염소는 날 엄마로 알았을 것이다. 내가 없으면 불안하고 초조해하다가 내가 가면 그렇게 좋아라 다가와서 그 어린 몸을 부비며 따라다녔다. 그런 아기 염소가 귀여워 항시 데리고 다니거나 안고 다녔다.

그러던 하루였다.
장마였는지 기억이 확실치 않지만 비가 몹시 내렸던 밤…
새벽녘에 난 아기 염소에게 갔다.

그때 난 보았다. 그 여리고 작은 주검을.

난 염소들의 활동공간을 위해 염소의 집을 만들고 그 주위로 나갈 수 없게끔 둘레를 철망으로 막아, 한 스무 평 정도 마당을 만들었다.

그랬을 것이다,
그 아기 염소는.

날 엄마로 알았던 아기 염소는 다른 염소들과 어울리지 못하고 밤마다 내게로 다가설 수 있는 최대한의 가까운 곳에서 잠들었을 것이다. 내리는 빗속에서 날 그리며 죽어갔을 것이다.
이후 나는 더 이상 염소를 기르지 않았다.

몇십 년이 지난 지금도 난 그 아기 염소가 문득문득 생각난다.
새카맣게 반짝이던 귀여운 아이
엄마 염소보다 나를 더 따랐던 아이
내리는 빗속에 애타게 나를 불렀을 아이

난 지금도 아기 염소를 생각하면 가슴이 저려온다.

많은 날이 지났다. 난 아직도 그때 그 자리를 정리하지 못했다.
지리산 어느 곳에 묻어주었는지 이젠 위치도 아련하지만 문득문득 생각나는 아이, 정을 두고 살지 말 일이다. 가슴에 새겼거든 아프지는 말 일이다, 이 저려오는 가슴을.

순천만 소영위제

1

　달빛속에있는네얼굴앞에서내얼굴은한장얇은피부가되어너를칭찬하는내말씀이발음하지
아니하고미닫이를간지르는한숨처럼동백꽃밭내음새지니고있는네머리털속으로기어들면서
모심드키내설움을하나하나심어가네나

2

　진흙밭헤매일적에네구두뒤축이눌러놓는자국에비내려가득괴었으니이는온갖네거짓말네
농담에한없이고단한이설움을곡으로울기전에따라놓아하늘에부어놓는내억울한술잔네발
자국이진흙밭을헤매이며헤뜨려놓음이냐

3

　달빛이내등에묻은거적자국에앉으면내그림자에는실고추같은피가아물거리고대신혈관에
는달빛에놀래인냉수가방울방울젖기로너는내벽돌을씹어삼킨원통하게배고파이지러진형
겊심장을들여다보면서어항이라하느냐

이상의 시 소영위제 전문이다.
나는 순천만에서 함초 사진을 찍으면서 이 시를 생각했다.

처음 십 대 때 이 시를 접하고
얼마나 고요하고 깊으면
얼마나 깊게 외로우면
달빛이 등에 묻은 거적 자욱에 앉을 적에
그림자에 실고추 같은 피가 아른거림을 보게 될까를 생각했었다.

그리고 가끔 달 밝은 날에도 이 시를 생각했었다.
내 그림자에 실고추처럼 아른거리는 피를 생각했었다.

순천만
바람만 웅숭거리며 사는 빈 들녘
달 밝은 날이 아니라 덥고 습하며 흐린 날에
내 등에는 실고추 같은 피가 아른거렸다.

순천만
내 몸은 짱뚱어와 농게의 곁에 누이고
영혼은 그 굴속에 두었다.

순천만
내 영혼에 실고추같은 피가 아른거리다 흩어진다.

여름이 되기 전 사용빈도가 가장 높은 카메라 렌즈를 하나 깨트렸다. 렌즈를 바꿔 끼우면서 배낭 위에 두었더니 배낭이 기울어지며 바위에 떨어져 완전히 박살이 났다. 알아보니 수리하는 비용과 새로 구입하는 비용이 많이 차이 나지 않아 새로 구입했다. 다만 비용을 만드는데 몇 달 걸렸다.

렌즈를 갖추고 새 렌즈의 사진여행 시발지로 순천만을 잡았다. 중부지방에는 비가 내린다는데 남부지방엔 불볕이 쏟아졌다. 오후 한나절 육신의 통증으로 쉬기로 했으나 받아든 렌즈를 사용해 보고픈 마음을 감당할 수 없어 순천의 와온 해변 S자 물길 옆 함초의 갯벌에 섰다.

세상은 아련히 눈부신데
아지랑이처럼 피어나는 세상은
그리움으로 흔들리고 있다.

갯벌 입구에는 들어가지 말라는 경고판이 서 있었다. 경고판이 서 있다고 안 들어갈 사진가가 세상에 있으랴마는 다시 시작하는 사진 여행의 첫날은 고운 마음으로 이 세상의 테두리 내에서 시작하고 싶었다. 사진을 함초밭 속으로 들어가 로우앵글로 표현해보고 싶었으나 들어가지 말라 했으므로 외곽에서 망원렌즈로 찍었다. 생각했던 대로의 사진이었으면 조금 특별한 사진이 되지 않았을까… 세상 속의 함초, 온통 함초와 솔섬과 하늘뿐인 곳에서…….

더위의 시간이 지나고
와온 함초 해변의 쓸쓸함이 지나고
영원히 채워지지 않을 부족한 사진 몇 장 또한 지난 후
이 세상에 내 남은 날이 있다면 그날은 아름다움을 찾는 여정으로 이어질 것이다. 이 세상의 내 남은 날들은...

산굼부리

안개처럼 스멀거리며 피어오르는 그 무엇
안개처럼 스멀거리며 피어올라 마침내 나를 점령해버린 그 무엇

몇 해 전 아내와 제주도를 3박 4일 정도로 다녀온 적이 있었다. 평일에 휴가까지 내어 무엇 때문에 갑자기 가게 되었는지 지금은 기억이 확실치 않으나 내 대강의 추론으로는 아내의 두려움 탓이었을 것이다.

아내는 가끔 독백처럼 말한다.
– 나는 평생 벽을 마주보고 살았습니다.

바위 같고 벽 같은 남편과 평생을 살아온 아내.
위기를 느낀 탓이었을 것이다, 저러다 문득 삶을 놓아버릴 남편. 불쑥불쑥 삶을 놓아버리고 싶었던 나의 마음을 아내는 무심중에 느꼈을 것이다.

지금은 산굼부리 단 한 곳을 제외하고는 제주도의 어느 것도, 어떤 곳도 기억나지 않는다. 처음 본 산굼부리는 먼 고대적 풍경처럼 도저히 이 세상의 것이 아니게 거대했고 충격이었다.

나는 산굼부리를 보기 위해 제주도를 가고 싶었으나 가지 않았다. 내게는 산굼부리를 찍을 수단이 없었다. 경비행기는 두 시간에 삼백만 원의 비용으로 사진을 찍을 수 있다는 말을 들었으니 굳이 찍고자 했으면 그렇게 찍을 수는 있었을 것이다. 헬기를 타고 지리산 천왕봉을 찍은 사람도 봤으니 그 방법도 있었을 것이다. 요즘은 이백만 원이면 작품 사진 촬영이 가능한 드론을 구할 수 있으니 그렇게도 할 수도 있을 것이다.

산굼부리 – 국가지정 천연기념물 제263호

제주의 360여개 기생화산과 달리 밑에서 폭발하여 폭발물이 쌓이지 않고 모두 분출되어 뻥뚫린 분화구로 형성된 폭렬공 기생화산. 내부면적 30만평 내부밑둘레 756m, 외부둘레 2,070m, 거의 수직을 이룬 높이가 130m로 한라산 분화구보다 더 크고 깊은 곳.(인터넷에 산굼부리를 소개한 글에서 발췌)

나는 전체적인 전경의 사진을 인터넷 사이트에서 오랜 시간 찾았다. 일반 여행객들의 블로그나 카페에서는 대부분 억새를 말했고 그런 형태의 사진을 올렸으나 내게 다른 기억은 하나도 남아있지 않았다.

거대한 분화구와 그 속에서 맴돌아 오르는 바람 외에는 아무것도 기억나지 않는다. 그것은 오랜 날 내 기억 속에 남아 나를 괴롭혔다. 닿을 수 없는 곳을 닿고 싶어 하는 아이의 갈망마냥 마음속에서 잠 속에서 꿈속에서 나를 괴롭혔다. 글을 쓰고 있는 지금에도 그 갈망이 바람이 빈 공간이 무엇인지 도저히 알 수 없다.

안개처럼 스멀거리며 피어오르는 그 무엇.

안개처럼 스멀거리며 피어올라 마침내 나를 점령해버린 그 무엇.

나는 도저히 그것이 무엇인지 알 수가 없었다. 알 수가 없다면 굳이 정의하지 말자 마음먹어도 나의 가슴 한쪽을 점령하고 놓아주지 않는 그 무엇.

완벽히 세상과 차단되어 있었고

완벽히 인간을 거부하고 있었으며

그 분화구 밑바닥엔 현대의 시간이 아닌 고대의 시간이 흐르고 있었다.

이 세상과 융화되지 못하는 아득한 고대

그 고대의 시간이 고대의 날들이 분화구 속에 남아 나를 손짓하고 있었다.

많은 사진을 찍었으나 남은 것은 아무것도 없었다. 나의 사진 속에는 고대적 시간도 차단된 바람도 아무것도 담겨있지 않았다.

뛰어들고 싶었다.
다만 뛰어들고 싶었다.
바닥 아득한 곳까지 뛰어들고 싶었다.
이 세상을 벗어나 존재할 수 없는 곳으로 아득히 뛰어들고 싶었다.

아직 내 가슴 속에는 산굼부리의 바람이 분다.
이 세상에서 불어오는 바람이 아닌
아득히 먼 세상,
이 세상이 아닌 먼 세상에서
불어오는 바람.

그곳에는 이 세상과 차단된 또 다른 세상이 있을 것이다. 아득히 외로우며 아득히 고통
하는 또 다른 세상. 잠재우기 어려운 먼 고대직 세상. 회석이 되어버린 세상.

겨울밤
꿈꿀 수 없는 세상을 꿈꾸며
다가설 수 없는 세상을 꿈꾸며
겨울밤
바람이 분다.
가슴 속에 황량한 겨울바람이 분다.
꿈결처럼 아득한 산굼부리의 세상에 겨울바람이 분다.

밥

나는 살면서 정성스럽게 지은 밥을 최상의 대접이라 생각한다. 식당 가서 주문하면 나오는 밥 같은 거 말고
내 손으로 정성스럽게 지은 고운 밥.

나는 평생에 먹는 것이 서툴렀다. 음식은 나를 지탱하기 위한 도구로 생각했던 영향 탓일 것이다. 언젠가 스승님을 모시고 살던 나의 삶에 분란이 있었다. 내가 스승님께 저녁밥을 지어 올려야 할 상황이 생겼고 나는 고의로 서투른 밥을 지었다. 원래 밥을 짓던 이의 자리를 남겨두고 싶어서였다.
이 세상에서 단 한 번 내 손으로 직접 지어 올릴 수 있었던 저녁 공양을 서투르게 지으면서 가슴 아팠다. 영원토록 모시고 살 사람은 내가 아니구나.

이전까지 나는 음식에 대한 정립된 생각이 없었다.
나를 지탱하기 위한 도구 외엔 아무것도 아니었다.

이후로도 나는 음식에 대해 생각이 없었다. 내 자신을 지탱하기 위한 도구. 그러나 귀한 분에겐 깨끗한 밥을 지어 대접하고 싶었다. 어느 날엔가 가족에게 정성스럽게 밥을 지어 올렸다. 한 계절을 오두마니 웅크리고 살면서 잡다한 것들에 대해 많은 생각을 했다. 음식의 잡다함에 대해서도 생각을 했다.
마침내 잡다함을 다 버리고 간결하고 깨끗한, 언젠가 스승님께 지어 올리고 싶었던 그런 깨끗한 밥 한 그릇에 대해서 생각을 했다.
정성이 아니라면 아무것도 아니어야 좋을 간결하고 깨끗한 밥 한 그릇.

꽃샘추위가 깊다.
이미 꽃은 피고 졌으나
어쩌면 봄은 아직 멀었나 보다.

내 어린 시절

살을 에는 듯한 추위란 말이 있다.

칼로 도려내는 듯한 추위…. 오늘 섬진강의 밤길이 그랬다. 칼로 얼굴을 도려내는 듯한
추위. 몇 번이나 운동을 멈추고 싶었다. 이백 미터만 더, 이백 미터만 더, 그렇게 타이르며
운동을 마쳤다. 옷을 지나치게 얇게 입은 탓에 뛰는 속도를 조금이라도 늦추면 몸의 열기
가 식어 바람은 즉시 칼날이 되어 온몸을 찔러왔다. 겨울의 밤, 기온이 떨어지는 추운 밤
마다 내 어린 날들이 되살아났다.

어머니는 막내인 나를 깊이 사랑하셨으나
사랑하는 방법에 대해선 전혀 알지 못하셨다.

왜정시대의 말기…

왜정의 눈을 피해 지리산 속에 여인의 몸으로 홀로 숨어 살면서 쌓였을 아버지에 대한
원망. 세상 물정 모르는 여인의 입장에선 독립운동이 무슨 소용이었을까. 차라리 족쇄였
을 것이다.

많은 일이 있었다. 네 살 어린 나는 사방 막힌 산속에 버려지듯 맡겨졌고, 그 몇 해 동안 나는 도저히 그 외로움이 무언지도 모르면서 외로움을 사랑하게 되었었다.

내 어린 시절
그 산골 집에 山 그림자 들면
나는 산 도깨비와 산에서 놀았고,
깜깜한 밤이 오면
산에서 우는 부엉이와 함께
나는 산에서 울었다.

익숙했던 것들로부터 단절된 어둠. 그것이 단 한 뼘의 어둠일지라도 우주와 통하여 무한 우주 속에 홀로 버려진 것만큼 막막하다는 것을 네 살 어린 시절에 알았다. 그 산골에서 며칠 지나지 않은 밤이었을 것이다. 깊은 어둠 속에서 잠을 깬 나는 익숙했던 것을 잡으려고 손을 뻗었으나 아무것도 손에 닿지 않았다. 그 순간 나는 어둠의 무한 우주 속으로 빨려 들어가는 기이하고 고통스러운 상황을 경험했다.

이 년… 동심이 멍들면 상처는 일생을 간다. 다스릴 능력이 없는 탓이었을 것이다. 그 상황을 극복할 능력이 없는 탓이었을 것이다.

여섯 살의 나이에 나는 그 산골 집을 탈출했다.

그 깊은 어둠 속에서 몇십 리의 산길 어둠 속으로…….

지금도 길을 나서면 부딪는 이 막막함과 공포, 내 한 생은 길이었다.

여섯 살 어느 길의 언저리. 희미한 기억을 붙잡고 집을 찾아가는 길의 어디쯤에서 시골 아낙의 말을 기억한다.

"저렇게 어린 거지가 다 있네."

나는 어린 왕자가 아니라 어린 거지였다. 여섯 살의 어린 나이에 밤마다 나는 삶이 고통스러웠다. 내 살아가는 모습이 고통스럽고, 사람들의 모습이 고통스러웠다. 왜 살아야 하는 가를 생각했다. 그리고 이 세상 밖으로의 탈출을 꿈꾸었다.

오십이 넘은 나이. 아직도 탈출하지 못한 나는 여전히 탈출을 꿈꾸며 어머니는 왜 그랬을까를 생각한다. 어머니는 막내인 어린 아들을 깊이 사랑하셨으나 사랑하는 방법을 알지 못하셨다.

밤길, 살을 에는 추위 속을 뛰면서 어린 날들을 생각한다. 그때 나는 왜 그렇게 되었을까. 왜, 손과 발이 얼어 견디지 못해 바늘로 찌르면 맑은 물이 솟을 정도로 방치되었을까. 지금 나는 어린 시절 극복하지 못했던 겨울의 추위를 생각하고 있다. 추위보다 더

혹독했던 사람에 대한 상처를 생각하고 있다. 섬진강의 밤길 그 추위 속에 내 어린 날들
이 살아나고 있다. 굳이 생각할 수 없었던 날이 피어오르고 있다.

달아의 언덕

코끼리 어금니 같다고 달아라 했다지요.
달 구경하기 좋은 곳이라 해서 달아라 한다지요.

통영의 바닷가를 세월 잊고 걸어가면
작은 섬들과 호수처럼 잔잔한 바다 너머에
가슴 사무치는 고요한 언덕
더러는 아련한 마음 따라 前生까지 이어지는 언덕

통영의 바닷가 작은 언덕엔
세상을 물들이는 낙조의 붉은 하늘빛

십 년쯤 지난 옛일에 경남 고성 지역으로 발령받아 출근하면 일없이 바닷가만 돌던 사람이 있었
어요. 일 년을 하염없이 고성과 통영의 바닷가만 돌았어요. 바라보는 게, 마치 全 生涯의 일이라
는 듯 오직 일몰의 바다를 바라보았어요. 전 생애를 걸고 바라보는 일몰의 하늘과 바다는 아름답

고 슬펐어요. 어쩌면 삶이란 불길 같아요.
어디로도 향하지 못하고, 어디에도 머물지 못해 다토아 자신을 태워버리는 맹렬한 불길.

바다를 따라 달아의 언덕으로 갔어요.
십 년 전 일몰의 노을빛이 오늘도 달아의 언덕을 물들였어요.

– 달아의 언덕

달아는 내 최초의 일몰지였다. 아니 내 최초의 일몰지는 지리산이었다.
1978년 어느 날, 천왕봉 부근에서 철쭉을 배경으로 깔고 일몰을 찍어 내 살던 고장의 사진작가분에게 사진을 봐달라고 했던 기억이 난다. 그때 내 나이가 열여덟 살이었는데 그분을 사진작가라 생각하는 이유는 그분의 사진이 공모전 수상작으로 실린 걸 신문에서 본 까닭이었다. 도자기를 길게 늘어놓고 말리는 형태의 사진이었던 것으로 기억한다.
그분은 웬 새파란 젊은이가 사진을 가져와 봐 달라고 하니 기특했는지 잘 찍은 사진이라는 말을 몇 번씩 했다. 이후로도 나는 오랫동안 사진을 찍었다. 몇 달 막노동을 하여 산 고급 카메라가 닳아 못 쓰도록 사진을 찍었다. 이후로 나는 모든 것으로부터 단절되어 살았다. 밤을 지새우며 쓰던 시와, 공부와, 한순간도 내 곁을 벗어나지 않았던 카메라. 그 모든 것으로부터 나는 단절되었고, 벗어나 살았다.

바람과 햇살과 하늘뿐이었다. 내게는.
적막과 허무뿐이었다. 내게는.
고통뿐이었다, 세상은.

달아는 돌아온 세상의 일몰지였다.
나는 오랫동안 많은 것으로부터 떨어져 살았다.
사진으로부터, 글로부터, 산으로부터

나는 분명 어디로 가는 길이었을 것이다. 그러나 어디서부터 인지 모르게 나는 길을 벗어났고, 나는 다시 돌아가지 못했다. 나는 분명 어디로 돌아가려는 중이었을 것이다. 그러나 나는 그 길이 어딘지 모르게 잊었다. 이렇게 가슴속에 슬픔처럼 고여 잊었다.

통영시 산양읍 12월의 서녘 하늘을 향하여 가슴을 연 바닷가
겨울 햇살이 황금빛으로 잔잔히 부서져 내려 물결조차 금빛으로 반짝이는 곳
바다 위를 한없이 걸어가면 돌아가려던 길 어딘가에 닿을 것 같은,
꿈에서도 닿고자 하였던 곳 슬픔의 샘을 길어 끊임없이 내게 들이붓는 곳

2006년 일 년간 고성과 통영의 바다를 돌았다. 나는 병이 깊었고, 병 깊은 직원에게 맡길 일은 없어 바닷가만 돌았다. 쪽빛으로 반짝이는 물살에서부터 황혼에 물들어 금빛으로 반짝이는 윤슬까지, 어둠에 잠겨 드는 파도의 흰 거품까지도 지켜봤다. 바다의 적막은 깊었고, 사유 또한 깊었다. 저무는 시간마다 사진을 찍고, 사유의 바다에 대한 글을 썼다. 놓았다고 생각했으나 나는 어느 것도 놓지 못하고 있었다.

2007년의 마지막 날, 달아의 언덕에 서서 일몰의 사진을 찍었다. 2008년의 마지막 날에

도 달아의 언덕에 서서 일몰의 사진을 찍었다. 2009년에는 12월 중순부터 해안으로 내려 섰다. 바닷가에서 많은 이들을 만나기도 하고 혼자 겨울바람을 맞기도 했다. 겨울바람은 물결을 잔잔하게 어루만지기도 하고 칼날이 되어 물살을 가르기도 했다.

내 마음의 깊은 곳에는 길어도 길어도 마르지 않는 슬픔의 샘이 있다. 샘물은 흘러넘쳐 해가 지는 적요의 바닷가에서부터 온밤을 적시기도 했다. 슬픔은 사람이 가졌던 태초의 감정이었을 것이다. 나는 지금 태초의 감정에 닿아있다. 이 감정은 내 목숨보다 훨씬 더 질기고 오래일 것만 같다.

덕유산

퍼펙트 스톰이란 영화가 있었다.

근 이십 년 전의 영화이니 내용이나 줄거리는 기억나지 않는다. 다만 거대한 폭풍우와 파도는 생생히 기억한다. 겨울 산에 들면 퍼펙트 스톰의 거대한 파도를 가끔 만난다. 비행기가 바로 곁에서 쓸고 가는 듯한, 도저히 벗어나지 못할 거대한 굉음으로 파도는 나를 덮친다.

언젠가 나는 겨울 계곡을 지나고 있었고, 산봉에는 엄청난 기류가 일었다. 기류는 산 같은 무게로 나를 짓눌렀다. 나는 도저히 그 바람을 뚫고 산정으로 오를 수 있을 것 같지 않았다. 기류는 바람 소리로 와서 바람 소리로 산정을 맴돌고 있었다. 가끔 겨울 산은 이 세상에 존재할 수 없는 공간을 만들어 냈다. 나는 때로 이 세상에 존재할 수 없는 공간 속에 갇혔고, 공간은 이 세상에 없다는 듯이 사라지곤 했다.

나는 덕유산으로 가고 싶었다. 올겨울은 바다의 일출을 찍지 못할지라도 덕유산으로 가고 싶었다. 덕유산의 밤과 덕유산의 눈 내린 풍경을 찍고 싶었다. 겨울 등산 장비와 촬영 장비를 챙겨 금요일 새벽에 출발하여 이르게 덕유산에 도착했다. 덕유산은 내가 살던 세상과는 다른 공간에 존재하는 듯 혹한의 바람 속에 적막했다. 산의 적막. 그것은 세상의 적막과는 다른 약간의 자비도 허용하지 않는 아주 냉혹한 종류의 것이다.

젊어 한때 나는 사람의 발길이 닿지 않은 산에서 山 짐승처럼 살았다. 산은 내게 절해고도였다. 벗어날 수 없는 절망이었고, 형벌이었다. 그러나 그 외에 살아 낼 방법이 내겐 없었다. 그 젊은 날 산의 흔적이 오랜 날이 흐른 지금에도 오르는 산마다 되살아났다.

나는 이 덕유의 적막과 혹한의 바람을 견디고 살아서 내려올 수 있을까.
괜찮다. 내려가지 못할지라도 괜찮다.

설천봉과 향적봉, 중봉을 오가면서 사진의 배경이 될 만한 곳을 찾다가 한 곳을 지정하여 카메라를 설치하고 날이 어두워지길 기다렸다. 네 시가 지나면서 일반 등산객들의 발길이 끊어지고 가끔 사진가들만 오가더니 어둠이 내릴 무렵 겨울 혹한의 바람만 내 곁에 남았다. 여섯 시 엄청난 추위가 몰려왔다. 올겨울 가장 춥다는 날, 가만히 서 있으면 발이 깨지는 듯 시려왔다. 등산화 속에 방한용 매트를 잘라 신발창으로 깔고 방한용 양말을 두 켤레를 겹쳐 신고 그 위에 발바닥용 핫팩을 붙였으나 영하 삼십 도의 발 시림을 극복하기 어려워 계속 뛰었다.

날이 밝아오면서 먼 산등성이로 위로 노을빛이 아련히 번져왔다.

노을빛이 아련한 날은 가슴 깊은 곳의 그리움이 살아났다. 내 슬픔도….

해가 솟을 즈음 갑자기 운해가 몰려와 안개처럼 해를 가리다가 서서히 흩어지며 서리꽃을 붉고 투명하게 물들였다.

이 꽃송이. 온 산 가득히 붉은 꽃송이

가슴 한쪽이 저려왔다. 오랜 날 이런 정경을 지켜보며 살던 시절이 있었다. 살아있음이 허무했고, 고통스럽던 시절이 있었다. 잠재우지 못한 날들, 산에 들면 그날들이 되살아났다.

일출을 찍은 후 향적봉으로 올라섰다. 향적봉에 올라선 후에도 운해는 오래도록 흩어지지 않았다. 얼마 만에 만났을까, 이러한 운해.

산을 지나 운해 위를 걸어가면
사람 사는 세상이 아닌 또 다른 세상에 닿을 듯한 운해
아득히 먼 꿈같은 운해
잃어버려 다시 돌아갈 수 없는 세상 같은 운해
이젠 기억조차 아득한 세상 같은 운해
운해가 온 세상 가득히 펼쳐졌다.

지리산 장터목에서 천왕봉을 오르면 통천문이란 곳을
지나게 된다. 작은 바위를 통과하여 오르는 곳인데 나는
이름 탓에 그곳이 좋았다. 상징처럼, 세상을 벗어나는 상
징처럼 그곳을 통과하여 천왕봉 오르는 것을 좋아했다.
종내에는 천왕봉을 좋아했다. 세상 밖의 존재로, 절망과
고독의 존재로 천왕봉을 좋아했다.

향적봉의 바람을 벗어나, 운해를 벗어나 세상으로 가는
길. 그 길엔 안개가 자욱했다. 세상으로 돌아가는 슬픔처
럼 상제루엔 안개가 자욱했다.

이 세상에 존재하지 않는 산이라는 공간. 거대한 파도
같은, 적막의 공간. 나는 그곳을 벗어나지 못한다.

비 오는 날
산을 생각한다

비가 내린다.

내 창가로 보이던 먼 산이 雨煙우연에 덮여 보이지 않는다.

삶은 비 오는 날의 먼 산과 같다.

바둑을 18급 둘 적에 나는 가끔 1급의 착점을 했다. 한판의 바둑이 300수로 마무리된다면 한 판에 서너 점은 1급의 수를 두었을 것이다. 그렇다면 나는 1급이었을까? 18급의 착점을 할 때도 1급의 착점을 할 때도 나는 여전히 18급이었다.

때로 산을 생각한다.

비 오는 날. 雨煙우연이 가득한 날

나는 아무도 없는 산속에서 통곡하였으나 내 삶은 이제 눈물 흘리지 못한다. 눈물보다 깨끗하지 못한 내 삶은 이제 눈물 흘리지 못한다.

가끔 돌아본다. 나는 길을 벗어나지 못했다. 다만 길에 묻어둔 마음을 꺼내어 볼 용기가 없다. 마음 절절할 적에 나는 마음을 버렸으나 절절하지 못한 지금은 절절하지 못함으로 마음을 감춰둔다.

아 —

비 오는 날의 삶을 나는 어떻게 견디랴.

발행일 2019년 2월 25일

지은이 이동훈

펴낸곳 도서출판 곰단지

펴낸이 이화엽

디자인 · 편집 김수정

교정 신은희

주소 부산광역시 연제구 과정로 347, 3층

전화 051) 634-1622

팩스 070) 7610-7107

E-mail gomdanjee@daum.net

Hompage www.gomdanjee.com

ISBN 979-11-89773-01-4

가격 15,000원